Anonymous

Adelsucht und Trug oder drei Bräute und keine Hochzeit

ein Lustspiel in fünf Aufzügen

Anonymous

Adelsucht und Trug oder drei Bräute und keine Hochzeit
ein Lustspiel in fünf Aufzügen

ISBN/EAN: 9783743642096

Hergestellt in Europa, USA, Kanada, Australien, Japan

Cover: Foto ©Andreas Hilbeck / pixelio.de

Weitere Bücher finden Sie auf **www.hansebooks.com**

Personen.

Karl von Blondheim.

Wilhelmine Bertrand, eine reiche Wittwe.

Bertrand, ihr Schwager.

Julie, seine Tochter.

Frau von Falkenau.

Baudius, ein Advokat.

Ein Notarius.

Lotte, Wilhelminens Kammermädchen.

Heinrich, Blondheims Bedienter.

Adolph,
Johann, } Wilhelminens Bediente.

Das Stück spielt in einer Residenz. Die Hand-
lung beginnt Nachmittags, und endet
Abends um 9 Uhr.

Erster Aufzug.

(Wilhelminens Wohnzimmer.)

Erster Auftritt.

Wilhelmine. Lotte. (stürzen hintereinander
ins Zimmer. Wilhelmine wirft sich in
einen Armstuhl.)

Lotte.

Aber um's Himmels willen, Madame!
Sagen sie mir nur, was ihnen fehlt? Was
ist ihnen denn geschehen?

Wilhelm. (außer Athem) Ein — Af —
front! — Ach! ich — kann gar nicht — zu
Athem — kommen! — Ein Affront! — —

Lotte. Ein Affront? Ihnen ein Affront?
Unmöglich!

Wilhelm. Wohl möglich, gute Lotte!
— Ach! das ist mein Tod — — Sich so
weit gegen mich zu vergessen — —

Lott

Lotte. Gegen sie — eine Dame von so grossem Vermögen? Wer hätte sich unterstanden — —

Wilhelm. Eine gewisse Frau von — von (besinnt sich) Kann ich doch auf den verfluchten Namen nicht kommen! Ihr Mann soll bei Hofe sehr angesehen seyn.

Lotte. Nun?

Wilhelm. Ich bin bei meiner guten Freundin, der Frau von Hartknopf — wir schäfern — sind lustig und guter Dinge. Auf einmal kömmt diese Frau von . . . . hinein. Sie macht uns, wie's ihre Schuldigkeit war, eine anständige Verbeugung, fragt nach meinem Namen, und fällt, als sie ihn hört, bald in Ohnmacht. Ihr Gesicht drückte das äusserste Erstaunen aus. Frau Bertrand — wiederholte sie, als sie sich von ihrem Erstaunen wieder erholt hatte — Frau Bertrand! Ist das nicht die Frau, bei der ich so lange Jahre Kaffee und Zucker holen ließ? Aber, Frau von Hartknopf! warum werfen sie sich denn so weg? Fi! das ist häßlich — ein Bürgerweib —

Lotte. Und solche Sottisen ließen sie sich ins Gesichte sagen?

Wilhelm. Du kannst leicht denken, daß ich ihr nichts schuldig blieb — ihr jede Grobheit erwiederte, und ihr auf diese Weise Dinge sagte, die sie gewaltig ärgerte. Als sie

fie nicht mehr wußte, wie fie mich demü-
thigen follte, fagte fie : Geh fie — geh
fte! Mit ihr will ich mich gar nicht
einlaffen, fie ift mir zu fchlecht! — Es
wäre kein Wunder, der Schlag hätte mich
auf der Stelle getroffen!

Lotte. Was für ein impertinentes Weib!
Wenn ich fie doch kennen follte!

Wilhelm. Der Name wird mir noch
beifallen. — Als ich fchon in der Thüre
ftand, hörte ich fie zu meiner Feeundin fagen: Treff ich diefes Bürgerweib noch
einmal hier an, fo fetz ich keinen Fuß
mehr über ihre Schwelle. — Ich gieng
fort, ohne auf diefe neue Beleidigung zu
antworten — aber, ich fchwöre dir, ich
weis nicht, wie ich nach Haus gekommen
bin!

Zweiter Auftritt.

Die Vorigen. Adolph.

Adolph. Die Frau von Tiefenthal — —

Wilhelm. (zu Lotten) Das ift das ab-
fcheuliche Weib.

Lotte. Die Frau von Tiefenthal? Nun
die hat wahrlich nicht Urfache, fo ftolz zu
feyn! Dacht ichs doch, daß es fo ein Bet-
telftolz feyn würde! Ihr Mann ift Kam-
nter-

mierherr. Wüßt' er es mit den Hoffouriers nicht so zu karten, daß er immer den Dienst behält, so würde die gnädige Frau gar oft nichts zu essen haben.

Wilhelm. (zu Adolphen) Was wolltest du mir sagen?

Adolph. Die Frau von Tiefenthal läßt ihnen sagen: sie sollten ihr diesen Augenblick Abbitte und Ehrenerklärung thun, oder gewärtig seyn, vor Gericht belangt zu werden.

Wilhelm. Ich ihr Abbitte thun? — Diesem Weibe? — Lieber sterben! — Und was sollt ich ihr denn abbitten? Daß sie die Gnade hatte, mir ihren Stolz empfinden zu lassen?

Adolph. Was soll ich denn dem Bedienten sagen? Er wartet auf Antwort.

Wilhelm. Sag ihm, daß ich ihn die Treppe hinunterwerfen lassen wollte, wenn er sich nicht diesen Augenblick fortpackte — —

Adolph. Wenn ers nun seiner Frau wieder sagt?

Wilhelm. Er soll's ihr nur sagen — das ist mir eben recht! Sie kann daraus sehen, wie viel ich mir aus ihr mache.

(Adolph ab.)

Drit=

Dritter Auftritt.

Wilhelmine. Lotte.

Wilhelm. Seht doch! Abbitten!

Lotte. Mir fällt etwas bei.

Wilhelm. Und was denn?

Lotte. Sagten sie nicht vorhin, die Tiefenthal hätte sie nicht eher beleidigt, als bis sie ihren Namen gehört?

Wilhelm. Ja!

Lotte. Dieser Umstand beweiset deutlich, daß man nicht ihre Person, sondern nur ihren Namen nicht leiden konnte — — Warum verändern sie ihn nicht?

Wilhelm. Ich bin fest dazu entschlossen. — Sage mir nur, Lotte! warum ich nicht von Adel bin? — O! ich möchte mein Schicksal verfluchen! — Hätt' ich nicht gleich einen Kavalier heurathen können?

Lotte. Sie haben nicht Ursache, sich zu beklagen. Sind sie keine Frau von, so sind sie wenigstens reich — und für Geld kann man alles haben. Die Damen, die sich in der Welt gnädig tituliren lassen, sind nicht immer reich — —

Wilhelm. Mags doch! Ein von vor dem Namen ist immer etwas Göttliches!

Lote

Lotte. Sie würden bald anders denken, wenn sie, wie viele unsrer Damen, trofnes Brod essen, oder wohl gar hungern müßten. Denn vielen vom besten Adel fehlt es an allem — nur nicht an Schulden.

Wilhelm. Und gerade dadurch unterscheidet er sich vom Pöbel.

Lotte. Schimpf gegen Schimpf gehalten, Madame! will ich mich lieber von einer Frau von Tiefenthal, als von einem Kaufmann — einem Schuster oder Schneider beschimpfen lassen. Sie wissen nicht, was für eine schöne Sache es ist, wenn man keine Schulden hat. Was würden sie sagen, wenn sie ihren Wagen zum Schmid schickten, und der Schmid Wagen und Pferde für Schuld in Beschlag nähme?

Wilhelm. Hätt' ich sechszehn ächte Ahnen — mein ganzes Leben, das schwör ich dir, mein ganzes Leben wollt' ich zu Fuße gehen.

Lotte. Ahnen? Ahnen? — Manche haben deren ganze Rüstkammern voll, und doch keinen Groschen in der Tasche. Möchten sie mit diesen tauschen?

Wilhelm. Den Augenblick! — Ich will lieber die ärmste adeliche Dame, als die reichste Bürgersfrau in ganz Europa seyn. — Kurz, mein Entschluß ist gefaßt — ich muß Frau von werden, kost' es, was es wolle!

Lot=

Lotte. Liegt ihnen am Titel so viel' warum laſſen ſie ſich nicht gnädige Frau nennen? Wir haben tauſend Weiber in der Stadt, die ſich gnädige Frauen tituliren laſſen, ohne von Adel zu ſeyn. Kennen ſie die Frau von Kantekn? Der Herr Papa iſt ein Schuhflicker — der Herr Gemahl ein Schreiber — und ſie gnädige Frau. Wer nichts aus ſich macht, iſt nichts. Sollt' ich einmal heurathen, ſo müßten mich alle meine Dienſtleute gnädige Frau heißen, und ſollte mein Mann nur Fourier ſeyn.

Wilhelm. Daß ich mich ſo enkanaill= lirte!

Lotte. Sie bedenken nicht, Madame! Der ſelige Herr Bertrand —

Wilhelm. Herr Bertrand! Herr Ber= trand! — Es iſt wahr, er war ein guter Mann — aber er war nur Kaufmann —

Lotte. Und hat ihnen ſein ganzes Ver= mögen hinterlaſſen.

Wilhelm. Hieß' ich Frau von Bertrand, meinetwegen möchte er mir keinen Heller vermacht haben. — Der Teufel muß mich in dieſe Familie gebracht haben. Ich kann auch das Lumpenvolk nicht los werden!

Lotte. Ihren Herrn Schwager und —

Wilhelm. Mein Schwager? Hab ich dir nicht ſchon hundertmal geſagt, du ſollſt ihn nicht mehr ſo nennen?

Lotte. Verzeihen sie, Madame! ich
hatt' es schon wieder vergessen. Das Wort
Schwager ist mir so geläufig, daß es her-
ausfahrt, ehe ich mirs versehe; zudem dacht
ich auch, weil er der Bruder des seligen
Herrn Bertrands — —

Wilhelm. Gut, der Bruder des seligen
Herrn Bertrands, und weiter nichts. Mein
Mann ist, Gott sei Dank, todt, und Herr
Bertrand geht mir nichts mehr an. Ich
will mir ihn gewis vom Halse schaffen! Er
nimmt sich seit einiger Zeit Freiheiten heraus, die mir gar nicht gefallen. Was geht
es ihn an, wie viel ich Leute im Dienste
habe — was ich für Livree gebe — und
dergleichen? Muß ich ihm von meinem Betragen Rechenschaft geben? — Nichts ist
lächerlicher, als wenn er mir seine Frau
mit dem Madonnengesicht zum Muster vor-
stellt.

Lotte. Sie haben Recht, das ist äusserst lächerlich.

Wilhelm. Seine Frau und — ich!
Welch ein Vergleich! Ich möchte nur wissen, wie manche Leute sich so weit vergessen könnten!

Lotte. Es ist unbegreiflich. Herr Bertrand ist doch nur ihr Schwager —
gewesen — —

Wil-

Wilhelm. Sogar seine Tochter will sich mit mir messen. Fahr ich mit ihr aus, so setzt sie sich neben mir — geh ich mit ihr spazieren, so geht sie nicht etwan in einer anständigen Entfernung von mir — nein! da muß sie immer in gerader Linie neben mir hertraben.

Lotte. Eine Nichte will sich mit ihrer Tante messen, wie lächerlich!

Wilhelm. Dies alles wollt ich ihr noch vergeben, aber ihre verfluchte Koketterie ist unausstehlich. Kannst du's wohl glauben? Sie wird von aller Welt begafft und begukt, und mich — sieht kein Mensch an!

Lotte. Was doch die Mannspersonen für Thoren sind! Weil sie iung und schön ist, so gefällt sie ihnen.

Wilhelm. Ihre Koketterie muß sie lassen, oder sie darf mir nicht wieder unter die Augen kommen.

Lotte. Diesen Fehler können sie ihr bald abgewöhnen. Sind sie einmal ihre Stiefmutter, so — —

Wilhelm. Ihre Stiefmutter? — Denkst du denn, daß ich nach dem Streiche, der mir itzt geschehen, noch Wort halten und den Advokat Baudius heurathen werde?

Lotte. Allerdings! Was hat denn der Ahnenstolz der Frau von Tiefenthal für Bezug auf den Advokat Baudius?

Wilhelm. Da hätt' ichs weit gebracht! — Nein! soll ich nicht mehr werden, als ich itzo bin, so will ich mich gar nicht verändern.

Lotte. Es ist doch ein kleiner Unterschied; Baudius hat studirt. —

Wilhelm. Das ist mir gleichgiltig — er ist nicht von Adel. Kurz ich will Frau von werden — und ziehe den unwissendsten Kavalier dem gelehrtesten Bürgerlichen vor. Meine Wahl ist schon getroffen — —

Lotte. Wie? die Wahl ist schon getroffen — und ich weis nichts davon?

Wilhelm. Als ob du alles wissen müßtest! — Ich hätte dir es längst gesagt, aber er hat mirs verboten.

Lotte. Ist der zukünftige Herr Gemahl alt, oder iung — reich oder arm — schön oder häßlich?

Wilhelm. Jung — schön — (mit Enthusiasmus) O! ein allerliebster Junge — alle Tage geputzt, wie eine Puppe!

Lotte. Es ist doch wohl nicht der Herr von Blondheim, der täglich herkömmt?

Wilhelm. Weil du so gut rathen kannst, will ich dirs gestehen — ia, er ist es!

Lotte. (erstaunt) Den Herrn von Blondheim wollen sie heurathen?

Wilhelm. Nicht anders!

Lot-

Lotte. Er hat ja keinen Heller im Vermögen!

Wilhelm. Deſto mehr hab ich!

Lotte. Was wird Baudius dazu ſagen?

Wilhelm. Von mir ſoll ers itzo nicht erfahren. Sagt' ich ihm etwas davon, ſo lief er zu Vertranden, und erzählte ihms haarklein. Monſieur Bertrand würde mir Vorwürfe machen wollen, die ich nicht leiden könnte — da gäb es nur Verdruß. Den kann ich mir erſparen. Iſt die Hochzeit einmal vorbei, dann können ſie ſagen, was ſie wollen.

Lotte. Aber ich dächte, es wäre doch beſſer, wenn ſie den Advokat Baudius zuvor verabſchiedeten. Zwei Liebhaber auf einmal zu haben, iſt immer etwas unſchicklich.

Wilhelm. Liebhaber verabſchieden, iſt leichter, als Liebhaber anwerben. Baudius ſoll expedirt ſeyn, ehe er ſichs verſieht. An Vorwand fehlt mirs nicht.

Vierter Auftritt.

Die Vorigen. Baudius.

Baudius. Madame! Sie verzeihen, wenn ich unangemeldet hereintrete. Ich wollte ihnen die Antwort auf das geſtrige Billet ſelbſt bringen.

Wil-

Wilhelm. Was für ein Billet?

Baudius. Das sie mir gestern geschrieben.

Wilhelm. Ich ihnen ein Billet geschrieben? Ich? — Sie schwärmen!

Baud. Rekommendirten sie mir nicht die Prozeßsache der Frau von Faltenau?

Wilhelm. Ach! 's ist wahr! ich besinne mich — ia, ia! — Das Weib plagt mich schon über vierzehn Tage mit ihrem Prozesse. Mir sie einmal vom Halse zu schaffen, schrieb ich das Billet.

Baud. Mich freuts, daß sie selbst aus dieser Sache nicht viel sich machen. Die gute Frau kann unmöglich etwas gewinnen.

Wilhelm. Was? Sie wollten ihr den Prozeß nicht gewinnen lassen?

Baud. Es hängt ia nicht von mir allein ab. Das Recht — —

Wilhelm. Das Recht! das Recht! — Je! wenn sie Recht hätte, brauchten wir sie nicht. Dafür werden sie ia bezahlt.

Baud. Aber, Madame — —

Wilhelm. Aber — aber — Kurz, Herr Advokat, das leid ich nicht. Man soll von mir nicht sagen, daß meine Empfehlungen nichts gölten. Ich bin noch nicht so häßlich — —

Baud.

Baud. Wahrlich, Madame! ich sehe nicht ein, warum ich einen Prozeß über nehmen soll, den ich verlieren muß, weil kein Recht da ist?

Wilhelm. Und ich, Herr Baudius, ich sehe nicht ein, warum sie Unrecht nicht einmal in Recht verwandeln wollen — da ich sie doch darum bitte? Machen sie sich etwan ein Gewissen daraus? Vortreflich! Wären sie noch Anfänger, so sollt es mich nicht wundern; aber so ein alter Praktikus — — pfui! schä= men sie sich!

Baud. Im Ernste, Madame — —

Wilhelm. Kein Wort weiter! — Ich glaube, sie haben mich verstanden — sie können nun ihre Maasregeln darnach neh= men. — (kehrt ihm den Rücken) Lotte! wenn die Person kommt, von der wir vorhin ge= sprochen, so laß mich holen — ich bin, (giebt ihr einen Wink) du weißt schon, wo? — Herr Advokat, ihre Dienerin! (ab.)

Fünfter Auftritt.

Baudius. Lotte.

Baudius. Lottchen?

Lotte. Was befehlen sie?

Baud. Was heißt denn das?

Lotte. Wie ich sehe, sind sie mit mei= ner Frau nicht sonderlich zufrieden.

Baud. Hab ich Ursache dazu?

Lotte. Aufrichtig gesprochen — nein!

Baud. Ich verstehe sie aber nicht!

Lotte. Und könnten es doch so leicht wenn sie ein wenig nachdächten, oder sich auf Weiberherzen so gut, als auf ihre Juristerei verständen.

Baud. Mir steht der Verstand stille. Wahrlich! ich weis nicht, was ich von einem solchen Betragen denken soll. Sage mir nur, was deiner Frau in den Kopf gefahren?

Lotte. Heurathsgedanken. — Nicht wahr, sie glaubten bisher, Frau Bertrand liebe sie?

Baud. Solt' ich das nicht? Ich dächte unsere nahe Verbindung gäbe mir schon einiges Recht, auf ihre Liebe Anspruch machen zu können.

Lotte. Bei jedem andern Frauenzimmer, nur bei der Bertrand nicht. Kennen sie sie denn so wenig?

Baud. Ich weis wohl, daß sie eine —

Lotte. (schnell einfallend) Närrin ist — Sagen sies nur frei heraus! Ich kenne meine Frau zu gut, als daß ich ihnen widersprechen sollte.

Baud.

Baud. Höre, Mädchen! Ich sehe, du bist offenherzig, ich will es auch seyn, und dir sagen, daß ich den Karäkter der Bertraud schon längst gefürchtet habe. Ohne gewisse Rücksichten wäre mir eine Verbindung mit ihr nie in den Sinn gekommen.

Lotte. Was sind denn das für Rücksichten, wenn ich fragen darf?

Baud. Mein Sohn liebt Julien; der Vater aber will sie nur unter der Bedingung geben, wenn ich seine Schwägerin heurathe.

Lotte. Und diese Bedingung wollen sie erfüllen?

Baud. Warum nicht? Ich versichere ia dadurch meinem Sohne ein grosses Vermögen —

Lotte. Der Kukuk hole das Vermögen, wenn ich mich darum zu todt ärgern soll!

Baud. Es hat keine Gefahr, ich will sie schon zur Raison bringen.

Lotte. Nun da müssen sie bald anfangen. Wollen sie es verschieben, bis sie ihre Frau ist, so stirbt sie als eine Närrin. Schelten sie mich eine Lügnerin — wenn es nicht wahr ist!

Baud. Was willst du damit sagen? Sollte sie ihre Neigung geändert haben?

Adelf. u. Trug.   B   Lotte.

Lotte. Und das merken ſie itzt erſt? Bricht man denn umſonſt mit den Lieb=habern?

Baud. Sie hat ia mit mir noch nicht gebrochen.

Lotte. Nicht? Nicht? — Sie hat ih=nen den Korb in beſter Form gegeben, und ſie wollen behaupten, ſie hätte noch nicht gebrochen?

Baud. Bei Gott! itzt verſteh ich erſt, was ihre letztern Worte ſagen wollten. Ich glaube, ſie haben mich verſtanden — Sie können nun ihre Maasregeln dar=nach nehmen — ſagte ſie nicht ſo?

Lotte. Sie haben ein gutes Gedächtnis. Es iſt ihnen auch nicht eine Silbe davon entfallen.

Baud. Was hat ſie denn ſobald auf andre Gedanken gebracht?

Lotte. Stolz! — Sie will mit aller Gewalt Frau von werden.

Baud. Die Närrin!

Lotte. Der Herr von Blondheim will ſich in Gnaden herablaſſen, ihr Ver=mögen durchzubringen — und ſie ſchätzt ſich glücklich, den Titel einer gnädigen Frau um einen ſo geringen Preis erkaufen zu können.

Baud.

Band. Der Herr von Blondheim? —
Unmöglich!

Lotte. Nicht unmöglich — wirklich!

Band. Lotte! Wenn dies Scherz seyn
soll, so muß ich dir sagen, daß er am unrechten Orte steht. — Der Herr von Blondheim? Dieses Halbthier — das mehr Weib,
als Mann ist? — Der tausend Mädchen
hat — ieder die Ehe verspricht, ohne iemals
an eine Heurath zu denken? Dessen ganzes
Verdienst in einem schönen Anzuge besteht?
— Der sein Leben vor dem Spiegel und
an den Toiletten zubringt? Mit Grimassen
Tabak nimmt, um seine Ringe zu zeigen?

Lotte. Und ist das nicht Verdienst genug?

Band. Der Herr von Blondheim —
dieser ewig beschäftigte Müßiggänger —
heurathen! Wo nähm er denn die Zeit dazu
her? — Nein! Ich glaub es nicht!

Lotte. Glauben sies, oder glauben sies
nicht — mir gilt es gleich viel. Darf sich
aber ein unwissendes Mädchen unterfangen,
einem Gelehrten einen Rath zu ertheilen,
so sagen sie Herr Bertranden, was sie itzt
gehört haben. — Ich höre iemanden im
Vorzimmer. Verlieren sie ia keine Zeit!
Die Folge wird beweisen, daß ich wahr
gesprochen. Auf meine Dienste können sie
rechnen.

B 2   **Band.**

Baud. (im Abgehen) Der Teufel finde sich in die Weiber! (ab.)

Sechster Auftritt.

Herr von Blondheim. Lotte.

Blondheim. Guten Tag, liebes Lottchen! — — Ei! ei! so geputzt? Willst gewiß eine Eroberung machen? Wahrlich! du bist das reizendste Mädchen, das ich ie gesehen!

Lotte. Sprechen sie mit mir, Herr von Blondheim?

Blondheim. Mit wem sonst?

Lotte. Ich glaubte, sie hätten unterwegs auf ein Kompliment studirt, und wiederholten es hier, um es nicht zu vergessen. — Meine Frau hat schon lange auf sie gewartet. •

Blondh. Du bist ein schelmisches Mädchen. — A propos, was hast du für eine Putzmacherin? Auf meine Ehre, sie arbeitet göttlich! Ich muß sie rekommandiren. (kneipt sie in die Backen) Wie niedlich sich die kleine Hexe zu kleiden weis! Gott verdamme mich, sie steht da, wie gedrechselt! Schade, ewig Schade, daß du nicht von Familie bist.

Lotte.

Lotte. Und warnm denn dies, Herr von Blondheim?

Blondh. (besieht sich im Spiegel) Weil wir dann ein Paar werden könnten — wies nur wenige giebt.

Lotte. Gut also, daß ich nicht von Familie bin!

Blondh. Zwar in der Liebe kömmt es auf Seelenadel an — weißt du dich über kleine Vorurtheile zu erheben — verachtest du die Formalitäten, die habsüchtige Priester erfunden haben, so können wir uns Trotz des Unterschiedes der Stände lieben.

Lotte. (wirft einen verachtenden Blick zu.) Sie erlauben mir — ich werde meine Frau holen, sie ist nur darneben bei einer guten Freundin.

Blondh. Warte noch, Lottchen! — Einen Augenblick eher, oder später — das macht ja nichts!

Lotte. Ich werde ihr die Ungeduld, mit der sie dieselbe erwarten, zu rühmen wissen. (im Abgeben, nachdem sie schon die Thür geöfnet) Da kommt ihr Bedienter! (ab.)

Siebenter Auftritt.

Blondheim, und Heinrich.

Heinrich. Treff' ich sie endlich? Ich habe sie schon in der ganzen Stadt gesucht,

um

— (22) —

um ihnen zu sagen, daß die Frau von —

Blondh. Stille! stille! — Siehst du nicht, wo wir sind?

Heinr. Das seh ich wohl, gnädiger Herr, aber die Frau von — —

Blondh. Der Donner und 's Wetter! Hab ich dir nicht gesagt, du sollst von meinen Liebschaften nicht reden, wenn ich bei einer Dame bin?

Heinr. Ja, gnädiger Herr! das haben sie mir gesagt — das ist wahr; aber die Frau von — —

Blondh. Gott verdamme mich, du bist der größte Dummkopf unter der Sonne! Willst du mich denn mit Gewalt ruiniren? ein Glück, das schon so nahe ist, an dem ich schon so lange arbeite, auf einmal vernichten?

Heinr. Ho, ho! Steht es so? Also wollen sie endlich doch einmal heurathen? Lieben sie die Besitzerin dieses Hauses?

Blondh. Ich sie lieben? Armer Narr!

Heinr. Nun? Wovon reden sie sonst?

Blondh. Ja, ich könnte sie heurathen, aber ich mag nicht! Ich hasse den Dämon nicht so sehr, als dieses Weib!

Heinr. Gnädiger Herr! Der Teufel soll mich auf der Stelle holen, wenn ich sie verstehe!

Blondh.

Blondh. In ihr Vermögen könnt ich mich eher verliebt haben.

Heinr. Und mit ihrem Vermögen könnten sie sich auch wohl vermählen, nicht wahr?

Blondh. Und mit wem sonst?

Heinr. Ha! Nun versteh ich! Nun versteh ich!

Blondh. Aus Liebe setz ich, Gott verdamme mich! keinen Fuß über diese Schwelle.

Heinr. Sie werden also die Frau von Falkenau eben so wenig heurathen, als die Bertrand, ohngeachtet sie ihr schon seit zwei Jahren alle Tage die Ehe versprechen.

Blondh. Hätte die Falkenau ihren Prozeß einmal gewonnen, so würd ich sie der Bertrand vorziehen.

Heinr. Das versteh ich wieder nicht. Die Bertrand ist funfzehn bis zwanzig Jahre jünger, als die Falkenau, und sie wollten ihr doch die letztere vorziehn?

Blondh. Du verstehst doch gar nichts! Gewinnt die Falkenau ihren Prozeß, so wird sie für iedes Jahr um ein Tausend reicher, als die Bertrand.

Heinr. (schlägt sich vor die Stirne.) Ich Dummkopf! Das hätt' ich freilich errathen können! — Aber, gnädiger Herr! Gäben sie nicht beiden den Abschied, wenn sich eine Dritte fände, die noch mehr Vermögen hätte?

Blondh. Nein! Ich würde sie beibe=
halten, so lang ich könnte, und am Ende
diejenige heurathen, die am besten mit sich
handeln liesse.

Heinr. Itzt seh ich klar in der Sache.
Sie lieben nur ihren Vortheil; wo sie den
nicht finden, bleiben sie kalt.

Blondh. Ich weis nicht, Heinrich, ob
ich nicht vielleicht eine gewisse Brünette lie=
be! — Die solltest du kennen! Das ist ein
Mädchen! Was sag ich, Mädchen? Eine
Göttin ist sie! Ohnmöglich kann eine Sterb=
liche so schön seyn! — Nun ich sage dir,
es ist eine Brünette, die auf Gottes weiter
Erde nicht mehr so schön zu finden ist! —
Wäre sie so reich, als schön sie ist — mit
Vergnügen wollt ich allen meinen Liebschaf=
ten entsagen, um mich desto fester an sie
anzuschliessen.

Heinr. Sie sind ja ganz entzückt! Was
ist denn das für eine Brünette? Wie heißt
sie?

Blondh. Das weis ich selbst nicht.

Heinr. D'rum! Auf meiner Liste steht
keine Brünette.

Blondh. Ich habe sie vor vier Tagen erst
kennen lernen, und mich bei ihr für einen Herrn
von Blumenfels ausgegeben. — Was diese
Eroberung für Mühe mich gekostet, kannst
du nicht glauben!

Heinr.

Heinrich. Das glaub ich! — Vier ganze Tage! Das Mädchen muß sich verzweifelt gewehrt haben!

Blondh. So schön sie ist, so häßlich muß ihr Vater seyn. Sie beschreibt ihn äußerst lächerlich. Denke nur, sie darf nicht einmal spazieren gehen. Um doch frische Luft zu schöpfen, geht sie Abends, unter dem Vorwand ihre Tante zu besuchen, in einen gewissen Garten. Hier lernt ich sie kennen, und hier kommen wir nun auch zusammen.

Heinr. Vortreflich, so jung sie ist, so meisterhaft kann sie schon lügen!

Blondh. O! Sie hat einen englischen Verstand! Eine Lebhaftigkeit — zum Entzücken!

Heinr. Der Teufel!

Blondh. Brechen wir lieber davon ab — das Mädchen interessirt mich ohnehin schon mehr, als mir lieb ist — wer weis, wie weit sie mich am Ende noch führen könnte? Ich habe auf solidere Sachen zu denken.

Heinr. Sie haben Recht.

Blondh. Geld bleibt immer die Hauptsache — Galanterie ist nur Nebenwerk.

Heinr. Die Bertrand, wie ich sehe behält doch den Vorzug, weil sie bis izt die reichste ist. Allem Anscheine nach werd ich daher meine alte

Frau

Frau von Falkenau mit ihren Geschenken wieder fortschicken müssen.

Blondh. Was für Geschenke?

Heinr. Ich hab es ihnen ja gleich anfangs sagen wollen; wollten sie mich dann anhören? Izt muß ich sie wieder fortschicken. (will geben.)

Blondh. Warte doch, und sage mir, was für Geschenke es sind?

Heinr. Ein prächtiger Wagen — nagelneu, wie er vom Sattler kommt — ein paar schöne Pferde — die Frau von Falkenau saß im Wagen, ob sie sich auch mit zum Präsent rechnet, weis ich nicht. Doch was nüzt es izt, da sie's nicht annehmen wollen? Am besten — ich packe die gnädige Frau von Falkenau in den Wagen, und schicke sie und ihre Geschenke wieder hin, wo sie hergekommen ist. (will geben.)

Blondh. So warte doch! — Die arme Frau! Sie liebt mich im Grunde — ich möchte sie nicht gerne beleidigen.

Heinr. Sie hätten Recht; wäre die Bertrand nicht. — —

Blondh. Die Bertrand? O! die wird mich noch einmal so gerne sehen, wenn ich in einer schönen Equipage zu ihr komme. — Ist es ein schöner Wagen?

Heinr.

Heinr. Sie werden nicht leicht einen
schönern finden.

Blondh. Die arme Falkenau! — Und
die Pferde?

Heinr. So muthig haben in ihrem
Stalle noch keine gestanden.

Blondh. Die arme Frau! — Geh und
sag ihr, daß ich ihr für ihre Geschenke recht
sehr verbunden wäre, und mich diesen Nach=
mittag selbst bei ihr dafür bedanken würde.

Heinr. Um Vergebung, kommen sie nicht
selbst mit, so weit ich, sie fährt wieder nach
Haus, ohne einen Riemen, vielweniger Wagen
und Pferde zurückzulassen. Sie müssen aber
eilen, denn sie hat keine Zeit. Wenn mir recht
ist, hat sie mir gesagt, daß morgen einer
ihrer Prozesse entschieden würde.

Blondh. Ohne Umstände, geh und sag ihr
nur, daß ich sie heute ganz gewis noch be=
suchen werde.

Heinr. Das ist doch wunderbar von ih=
nen, gnädiger Herr! nehmen sie mirs nicht
übel. Sie selbst haben sie schon hundertmal
belogen, und verlangen, daß sie nun mir
glauben soll. — Es kommt jemand.

Blondh. Ganz gewis, die Vertrand.
Hurtig geh, und thue, was ich dir be=
fohlen!

Heinr. Also wollen sie die Equipage nicht?

Blondh.

Blondh. Geh, sag ich!

Heinr. Sie fährt hol mich der Teufel wieder fort, wie sie gekommen ist, wenn sie nicht selbst gehen!

Blondh. (mit einem drohenden Blicke.) Schweig!

Achter Auftritt.

Die Vorigen. Wilhelmine. Lotte.

Wilhelmine. Ich habe sie warten lassen, Herr von Blondheim — —

Blondheim. O! das hat gar nichts zu sagen — bin ich durch ihren Anblick nicht hinlänglich dafür entschädigt?

Wilhelm. Sie wollten mich nicht rufen lassen, Herr von Blondheim! um mich nicht zu stöhren. Wie wenig kennen sie mich! Kann ich wohl in irgend einer Gesellschaft so viel Vergnügen finden, als in der ihrigen?

Blondh. Es ist unangenehm, wenn man vom Spiele weggerufen wird, und ihnen eine Unannehmlichkeit zu ersparen, könnt ich alles in der Welt thun; zu dem wollt ich auch die Dame, bei der sie waren, des Vergnügens nicht berauben, eine so angenehme Gesellschafterin bei sich zu haben.

Heinr.

Heinr. (heimlich zu Blondheim, doch so,
daß es die Bertrand hören kann) Der Wagen,
gnädiger Herr — —

Blondh. (zu Heinrichen) Stille!

Wilhelm. Was sagt Heinrich?

Heinr. Nichts, Madame!

Wilhelm. (zu Blondheim) Gehen wir
lieber in mein Kabinet, da können wir uns
besser unterhalten.

Heinr. (wie oben zum Herrn von Blondheim) Die Pferde, gnädiger Herr! bedenken sie nur — —

Blondh. (zu Heinrichen) Wirst dus Maul
halten?

Wilhelm. (faßt Blondheim am Arm) Kommen sie, Herr von Blondheim!

Heinr. (wie oben) Gute Nacht, Equipage!

Wilhelm. Was will er denn nur von
ihnen?

Blondh. Ich weis nicht, was er mir
da von Wagen, Pferden und von Equipage
vormurmelt — ich hab ihn nicht verstanden.
(zu Heinrichen) Was willst du denn haben?
Rede! Ist etwan mein Sattler zu Hause?

Heinr. Ja, gnädiger Herr!

Blondh. Stock! das hättest du ia laut
sagen können! — Hat der Kerl die Pferde
gebracht, die ich diesen Morgen gekauft habe?

Heinr.

Heinr. Ja, gnädiger Herr!

Blondh. Verzeihen sie dann, Madame! wenn ich sie einen Augenblick verlasse. Ich habe mir eine neue Equipage angeschaft. — die muß ich mir besehen. Ich weis, sie lieben Pracht — —

Wilhelm. Ich gehe mit ihnen, Herr von Blondheim — ich muß ihren Geschmack bewundern. (faßt ihn am Arm) Kommen sie!

Blondh. (verlegen) Madame — bedenken sie — —

Wilhelm. Was?

Blondh. (wie oben) Madame — —

Wilhelm. Wie?

Blondh. Was würden die Leute sagen, wenn sie zu mir giengen, und meinen Wagen — meine Pferde in Augenschein nähmen? O! sie glauben nicht, wie argdenklich die Welt ist — wie sie gleich räsonnirt —

Heinr. Das Sattlerweib gar — das ist eine Erzstadtklatsche!

Blondh. (heimlich zu Bertrand) Gott verdamme mich, sie verrathen den ganzen Handel, wenn sie mitgehen! Sie wissen, wie viel Ursachen wir haben, ihn geheim zu halten.

Wilhelm. Nun wohl — ich bleibe, aber unter der Bedingung, daß sie gleich wieder kommen.

Blondh.

Blondh. O! ich bin den Augenblick wieder bei ihnen. (geht mit Heinrichen ab.)

Neunter Auftritt.

Wilhelmine, und Lotte.

Lotte. Das lohnte der Mühe vom Spiel aufzustehen, meiner Treu! — Der Herr von Blondheim ist sehr galant gegen sie. Seine Pferde sind ihm lieber, als sie. Das thut er itzt — was wird erst geschehen, wenn sie Frau von Blondheim sind? Nach dem, was sie itzt gesehen und gehört haben, dürfen sie sich nicht wundern, wenn der Herr Gemahl, statt in ihr Schlafzimmer zu kommen, in den Stall geht, um die Pferde zu bewachen. — Hätt ich einen Liebhaber, der sichs einfallen liesse, von mir wegzugehen, um ein paar Schimmel zu besehen — wahrlich, auf der Stelle gäb ich ihm den Abschied!

Wilhelm. Du bist eine Närrin! Hast du nicht gehört, daß er sich die Equipage blos meinetwegen angeschaft hat?

Lotte. Gut — ihrentwegen! Mußt er sie aber itzt besehen? War es dazu nicht immer Zeit? — Ich fürchte — ich fürchte!

Wilhelm. Was fürchtest du?

Lotte. Aus dieser Heurath entsteht nichts Gutes.

Wil-

Wilhelm. Du weißt nicht, was du sprichst.

Lotte. Und sie werden mirs wieder sagen.

Zweiter Aufzug.

(Ein Vorzimmer.)

Erster Auftritt.

Bertrand, und Lotte.

Lotte. Sagen sie ia nicht, daß ich sie hereingelassen — sie zankte drei Tage mit mir!

Bertrand. Sei unbesorgt! Ich will ihr den Text so lesen, daß ihr das Zanken auf lange Zeit vergehen soll. — Die Närrin! Jeden Tag begeht sie neue Thorheiten. Die heutige kann noch üble Folgen haben.

Lotte. Haben sie schon davon gehört?

Bertrand. Gleich in der ersten Viertelstunde. Kaum war das vorbei, so kam Baudius, und erzählte mir, daß meine Schwägerin einen gewissen Herrn von Blondheim heurathen wolle. — Todt ärgern könnte man sich über die Sottisen, die dieses Weib be-

begeht! Aber ich will nicht gesund hier ste,
hen, oder sie muß anders werden!

Lotte. Da machen sie ia, daß sie fort=
kommen!

Bertrand. Du glaubst also nicht, daß
sie sich ändern werde?

Lotte. Schwerlich!

Zweiter Auftritt.

Die Vorigen. Wilhelmine.

Lotte. (zu Wilhelminen) Herr Bertrand
wollte sich nicht abweisen lassen.

Wilhelm. Herr Bertrand! heute hät,
ten sie mir einen Gefallen erwiesen, wenn
sie mich mit ihrem Besuche verschont hät,
ten — weil sie aber einmal da sind, so
mags seyn; nur sagen sie mir kurz, was sie
wollen!

Bertrand. In diesem Tone reden sie
mit mir, Frau Schwägerin? Sagen sie mir
nur, wenn sie einmal aufhören werden, sich
in der Welt lächerlich zu machen? Das Air,
das sie sich geben, kleidet sie sehr übel —

Wilhelm. Lotte! Hole mir einen Stuhl
aus meinem Zimmer; Herr Bertrand fängt
eine Predigt an, die sobald nicht enden dürfte
— ich hör es schon aus dem Texte, daß ich
dabei einschlafen werde.

Adelf. u. Trug.   C   Ber=

Bertrand. O nein! Ich habe ihnen
Dinge zu sagen, die sie gewis munter er=
halten werden, wenn sie — —

Wilhelm. Ich bitte, machen sie's kurz!

Bertrand. Ihre Aufführung — —

Wilhelm. Die alte Leier — ich hab
ihnen aber schon hundertmal gesagt, daß sie
ihnen nichts angeht — —

Bertrand. Mir soll sie nichts angehen?
Wem sonst? Kann ich gleichgültig dabei
bleiben, wenn man die Wittwe meines Bru=
ders als die gröste Närrin zitirt?

Wilhelm. Sie vergessen sich. Wissen
sie, mit wem sie reden?

Bertrand. (lächelnd) Nun wenn ich auch
das nicht wissen sollte! Ich hab es ia erst
gesagt — oder wollen sie's umständlicher
hören?

Wilhelm. Ich erlasse ihnen das Detail
— haben sie gleiche Gefälligkeit gegen mich,
und gehen mir aus den Augen!

Bertrand. Ich will ihnen nie wieder
unter dieseben kommen, nur legen sie ih=
ren lächerlichen Stolz ab. Der Affront,
der ihnen heute geschehen — —

Wilhelm. Sie haben Ursache, mich
daran zu erinnern. Seht doch! Er ist
Schuld daran, und macht mir Vorwürfe —

Ber=

Bertrand. Ich Schuld? Bei Gott!
einen solchen Verweis hätt ich nicht erwar=
tet. Ich Schuld — an dem Affront!

Wilhelm. Ja! Sie und kein andrer
Mensch. Daß sies nur wissen — ich mag
ihre Schwägerin nicht länger heissen. —
Hielte man sie nicht für meinen Schwager,
so ließe man mich auch für eine Dame pas=
siren. Mein Aufwand — mein Betragen —
alles — alles ist noble, nur der verfluchte
Name — —

Bertrand. Donner und Wetter! das
geht zu weit. Sie müssen sich eine Ehre
daraus machen, daß sie ihn führen dürfen —
wissen sies? Wer hat ihnen das Vermögen
hinterlassen, womit sie sich itzt in der Welt
so lächerlich machen? Nicht wahr, mein
Bruder?

Wilhelm. Von diesem ist nicht die Rede.
Wir sprachen itzt vom Namen, und sie kom=
men aufs Vermögen. Sie müssen ihre Pre=
digt nicht gut memorirt haben; denn sie lassen
sichs Konzept so leicht verrücken. — und
kurz und gut, sie sind mein Schwager nicht
— daß sies wissen. Sie sind es gewesen —
nun aber nicht mehr! Heute noch will ichs
bekannt machen lassen, daß sies nicht mehr
sind. Wie könnten sie es auch seyn
— mein Mann ist ja todt! Der Tod
hebt die Verbindung, die zwischen Eheleuten

C 2   war,

war, auf, sollte sie da zwischen des Ver=
storbenen Wittwe und Verwandten noch fort=
dauern?

Bertrand. Halten sies für eine so grosse
Ehre, mit einer Närrin verbunden zu seyn?
Heute wollt ich dieser Ehre noch entsagen,
könnt ich die Asche meines Bruders gleich=
giltig beschimpfen, und ein Vermögen in
Leichtsinn verschwenden sehen, das er so
mühsam erworben!

Wilhelm. Ich eine Verschwenderin?

Bertrand. Ist es nicht Verschwendung,
wenn man sechs Bediente, einen Koch, eine
Kammerjungfer, einen Kutscher, und vier
Mägde für eine einzige Person hält,
da ein Bedienter, eine Köchin und zwei
Mägde die nämlichen Dienste verrichten
könnten?

Lotte. Aber, Herr Bertrand, soll denn
die Madame zu Fuß gehen?

Bertrand. Wird ihr nichts schaden —
es gehen wakre Bürgersweiber zu Fuß. Zur
höchsten Noth giebts ia auch noch Lohnwä=
gen in der Stadt.

Lotte. Pfui! Eine Frau, wie Ma=
dame — von so grossem Vermögen — wird
mit einem schmuzigen Lohnkutscher fahren!

Wilhelm. Werden sie nicht bald auf den
zweiten Theil ihrer Rede kommen?

Ber=

Bertrand. Ich bin mit dem erften noch nicht fertig. Ihr Aufwand überfteigt ihren Stand gar weit —

Wilhelm. Darum haben fie fich nicht zu bekümmern. Und einmal für allemal — ich will nach meiner Phantafie leben — mich von niemanden mehr hofmeiftern laffen. Ich bin, Gott fei Dank! Wittwe — hänge von mir allein ab, und habe nicht Urfache, ir=gend einem Menfchen von meinem Betragen Rechenfchaft zu geben. — Das Recht, das fie fich über mich anmaffen, würde ich kaum einem Gemahl einräumen.

Bertrand. Sind fie einmal mit dem Advokat Baudius verbunden, dann mag er thun, was er will. Ich hoffe, fie werden ihr Wort halten, und ihm in einigen Ta=gen ihre Hand geben.

Wilhelm. Ganz gewis! Sie können fich darauf verlaffen. Auch verfpreche ich ihnen, ihm, wenn er einmal mein Gemahl ift, in allem zu folgen. Sind fie nun mit mir zu=frieden? Werden fie mir den zweiten Theil ihrer Rede fchenken? Wollen fie nun gehen? Oder foll ich mich entfernen?

Bertrand. Halten fie ihr Verfprechen, fo hab ich ihnen nichts weiter zu fagen. Ich empfehle mich. (Geht mit einer Verbeugung ab.)

Drit=

Dritter Auftritt.

Wilhelmine. Lotte.

Wilhelm. Das ist ein lästiger Mensch!

Lotte. Hätt er seine Sache nicht gleich vorbringen können? Mußt er, um auf den Advokat Baudius zu kommen, von ihrem Kutscher reden?

Wilhelm. Ich kann den Kerl nicht vor Augen sehen.

Lotte. Ich bin dem Teufel nicht so gram. Kaum tritt er ins Haus, so fängt er auch schon an zu predigen. Ich möchte nur wissen, was ihm ihre Wirthschaft angienge?

Wilhelm. Wenn ich ihm nur einmal einen rechten Possen spielen sollte!

Lotte. Verdient hat es; auch können sie noch tausend Gelegenheiten dazu finden. Ist nur Julie einmal ihre Stieftochter —

Wilhelm. Julie meine Stieftochter? — Lotte! bist du närrisch? Hab ich dir nicht gesagt, daß ich den Herrn von Blondheim — —

Lotte. Das ist wahr, aber ich glaubte, sie hätten sich wieder anders besonnen, weil sie Herr Bertranden erst itzt versprachen, den Advokat Baudius zu heurathen.

Wil-

Wilhelm. Lotte! ich hätte dir mehr Scharfsinn zugetraut. — Siehst du denn nicht, daß es bloße Finesse ist? Mir den Lästigen vom Halse zu schaffen, hätt ich ihm alles versprochen, was er nur verlangt hätte. Die Verbindung mit dem Advokat Baudius konnt ich ihm leicht versprechen — ich weis doch, daß ich morgen schon nicht mehr im Stande bin, ihm Wort zu halten.

Lotte. Morgen schon?

Wilhelm. Ja, ja! Morgen! — Ich muß dirs nur sagen: Ich habe mit dem Herrn von Blondheim die Verfügung getroffen, daß wir morgen früh um sechs Uhr mit einander verbunden werden. An den Advokat Baudius ist nicht mehr zu denken — —

Vierter Auftritt.

Die Vorigen. Julie.

Julie. Liebe Tante! Wissen sie was Neues?

Wilhelm. Was denn?

Julie. Mein Vater weis, daß sie den Herrn von Blondheim heurathen wollen.

Wilhelm. (zu Lotten mit einem bedeutenden Blicke) Wer muß ihm das gesagt haben?

Lotte.

Lotte. Sie werden doch nicht an meiner Verschwiegenheit zweifeln?

Wilhelm. Auch nicht bei dem vollen Beweise des Gegentheils?

Lotte. Kann nicht der Herr von Blondheim selbst es ausgeplaudert haben? Er sieht mir nicht aus, als wenn er Geheimnisse lange verschweigen konnte.

Julie. Wollen sie die Maasregeln meines Vaters vereiteln, liebe Tante! so müssen sie sich heimlich kopuliren lassen — und das bald!

Wilhelm. Ich weis schon, was ich zu thun habe. (mit einem Blick auf Lotten) Die Leute, die deinem Vater es gesagt haben, sind Narren, und dein Vater der gröste.

Julie. Werden sie nur nicht bös, liebe Tante! Ich wenigstens bin an der Sache unschuldig. Mich sollt' es unendlich freuen, wenn sie eine vornehme Dame würden.

Wilhelm. Nun diese Freude kannst du bald erleben. Du magst nur bei Zeiten anfangen, dich ehrfurchtsvoller Ausdrücke zu bedienen, wenn du mit mir sprichst. Vor allen Dingen aber nenne mich nicht mehr Tante.

Julie. Aber, liebe Tante! sie sind es ja einmal, warum soll ich sie nicht auch so nennen?

Wil=

Wilhelm. Weil sichs nicht schickt. Frau von Blondheim kann nicht die Tante der Demoiselle Bertrand seyn.

Julie. Haben sie sonst keine Ursache, liebe Tante, so können sie unbesorgt seyn, und mich immer Nichte nennen, ohne sich meiner zu schämen —— Ich heurathe auch einen Kavalier.

Wilhelm. (erstaunt) Einen Kavalier?

Julie. Ja! aber sagen sie ja meinem Vater nichts davon!

Wilhelm. Wie heißt er denn?

Julie. Von Blumenfels. — Nicht wahr, die Frau von Blumenfels darf die Frau von Blondheim Tante nennen?

Wilhelm. Nichte, du bist ein herrliches Mädchen! — So schlecht auch deine Erziehung war, so noble denkst du! Das hast du bei mir gelernt.

Julie. Sehr wahr, liebe Tante! Ihnen hab ich alles zu verdanken. Wo hätt' ich auch etwas lernen sollen? Bei meinem Vater? Ja! dem möcht' ich etwas vom Adel vorreden!

Wilhelm. Wie wirst dus aber anstellen, um den Herrn von Blumenfels zu heurathen, ohne daß dein Vater etwas davon merkt?

Julie.

Julie. Das weis ich nicht, liebe Tante!
Können sie mir keinen Rath geben?

Wilhelm. Du gehst mit deinem Amant
fort — läßt dich trauen — und schreibst dann
deinem Vater die Ursache deiner Flucht. Ist
die Zeremonie einmal vorbei, dann kann er
nichts mehr abändern.

Julie. Das ist ein herrlicher Rath —
dem will ich folgen. Eilen sie ja mit ihrer Verbindung, liebe Tante! Bevor sie
nicht Frau von Blondheim sind, kann ich
meinem Blumenfels nichts versprechen —
und sie glauben nicht, wie dringend er ist!

Wilhelm. (lächelnd) Ist er? — Aber
warum kannst du ihm nichts versprechen?

Julie. Sehn sie, liebe Tante! Nehme
ich den Herrn von Blumenfels, ehe sie Frau
von Blondheim sind, so wird mein Vater
schrecklich wider mich aufgebracht seyn —
sind sie aber einmal verbunden, so kann ich
mich auf sie berufen, und sagen: Meine
Tante hat auch einen Kavalier geheurathet!

Wilhelm. Du hast Recht, Mädchen! —
I nun, Nichte, wartest du nur auf mich,
so ist es meine Schuld nicht, wenn du morgen früh um sieben Uhr nicht schon Frau
von Blumenfels bist. Ich lasse mich um
sechs Uhr trauen.

Julie.

Julie. (freudig) Jst es möglich? — Das muß ich meinem Blumenfels gleich schreiben! — Adie, liebe Tante!

, Wilhelm. Adie, Nichte! (küßt sie.)

Julie. (im Abgehen) Wie wird er sich freuen! (ab.)

Fünfter Auftritt.

Wilhelmine. Lotte.

Wilhelm. Lotte! Welche Gelegenheit mich an Bertrand zu rächen! — Wie wird er sich ärgern — wie toben, wenn er hört, seine Tochter ist entführt! Jch hab ihr diesen Rath nicht umsonst gegeben. Der Alte kommt von Sinnen, wenn sie ihm diesen Streich spielt.

Lotte. Glauben sie?

Wilhelm. Nicht?

Lotte. Jch sollt es nicht meinen. Ein Schwiegersohn mit einem von hat doch immer etwas reizendes.

Wilhelm. Wie wenig kennst du Bertranden! Jm Leben dürfte Julie den Herrn von Blumenfels nicht heurathen, wollte sie auf die Einwilligung ihres Vaters warten,

Sech-

Sechster Auftritt.

Die Vorigen. Blondheim.

Blondheim. Bin ich nicht geschwinde wieder hier?

Wilhelm. So sehr sie auch geeilt haben mögen, so ist mir die Zeit doch ziemlich lang geworden.

Blondh. Urtheilen sie nun, wie es mir erst geht — mir, der ich ohne sie nicht leben kann!

Lotte. (für sich) Das haben wir vorhin gesehen.

Wilhelm. Lotte! Geh und sage, daß niemand eingelassen wird. Ich habe mit dem Herrn von Blondheim zu sprechen.

Lotte. (für sich im Abgeben) Dieses Tete a = Tete muß ich unterbrechen. Kommt niemand, so hol ich den alten Bertrand. (ab.)

Siebenter Auftritt.

Wilhelmine. Blondheim.

Wilhelm. Nun, lieber Herr von Blondheim, wie gefällt ihnen ihre Equipage?

Blondh. Es fehlt ihr nichts, als ihr Beifall, dann gefällt sie mir ganz.

Wil=

Wilhelm. Wenn das ist, so bewundre ich sie schon im voraus. — Haben sie ihr Wappen auf den Wagen malen lassen?

Blondh. Nein!

Wilhelm. Also ihren Namen?

Blondh. Wahrlich, Madame! ich weis nicht, was der Maler darauf gesezt hat.

Wilhelm. Gehn sie — gehn sie! Sie werden das nicht wissen!

Blondh. Gott verdamme mich, ich weis es nicht!

Wilhelm. Sie Boshafter! Warum wollen sie mir ein Geheimnis daraus machen? Ich muß es doch bald erfahren! — Sehen sie mich an! (siebt ihm starr ins Auge) Haben sie nicht ein W. darauf sezzen lassen?

Blondh. Ein W? Was sollte das W auf meinem Wagen?

Wilhelm. Gestehen sies nur! (lächelnd) Nicht wahr, ich hab es errathen? — Sie sind zu galant, als daß sie den Anfangsbuchstaben von Wilhelminen nicht hätten sollen darauf sezzen lassen.

Blondh. (für sich) Da könnte man zum Narren werden. Aller Wahrscheinlichkeit nach stebt ein F. darauf. - Die Frau von Falkenau wird sich diese Ehre nicht vergeben haben.

Wil-

Wilhelm. Sind sie beim Notarius gewesen?

Blondh. Ja! Er war nicht zu Hause — ich hab ihn herbestellt.

Achter Auftritt.

Frau von Falkenau. Lotte. Die Vorigen.

Lotte. (noch von aussen; indem sie die Thür öffnet.) Wenn ichs ihnen aber sage!

Falkenau. Sie ist eine Närrin — ihre Frau ist für mich immer zu Haus. (tritt mit Lotten ein.)

Blondh. (für sich) Himmel! stehe mir bei — die Frau von Falkenau!

Lotte. (zu Wilhelminen) Die Frau von Falkenau wollte sich gar nicht abweisen lassen — ich mochte zehnmal sagen, daß sie nicht zu Hause wären — —

Wilhelm. Wer hat dir denn auch befohlen, die Frau von Falkenau abzuweisen?

Falken. Sieht sie! Ich sagt ihrs wohl! Ein andermal merke sie sichs hübsch. Personen von meinem Range weist man nicht vor den Thüren ab. (wird Blondheim gewahr) Sie hier? Was machen sie denn da, Herr von Blondheim?

Blondh. Welcher Zufall führt denn sie hieher?

Wil=

Wilhelm. (heimlich zu Lotten) Sie kennen einander.

Falken. Madame! Ich kam, ihnen noch einmal meine Prozeßsache zu empfehlen — aber den Herrn von Blondheim hätt ich hier nicht vermuthet — was macht er denn bei ihnen?

Wilhelm. (heimlich zu Lotten) Was hat denn das alte Weib darnach zu fragen? (laut) Frau von Falkenau, ich weis gar nicht —

Blondh. (zu Wilhelminen) Madame! ich bitte sie, laßen sie sich die Prozeßsache der gnädigen Frau empfohlen seyn — Sie werden mich ihnen unendlich verbinden. (zur Falkenau) Sehen sie, meine Gnädige, wie sehr ich mich ihrer Sache annehme?

Wilhelm. Das versteh ich nicht!

Falken. (für sich) Was will er damit sagen? Er hat mir nicht einmal gesagt, daß er die Bertrand kennet, vielweniger daß er sich bei ihr für mich verwenden wolle.

Wilhelm. Ihre Neugierde, Frau von Falkenau, setzt mich in Erstaunen.

Falken. Wie? In Erstaunen? Wissen sie nicht — —

Blondh. (zur Bertrand) Die Neugierde der Frau von Falkenau darf sie gar nicht wundern. Sie ist aus einer alten adelichen

Fa=

Familie — (heimlich) eine weitläufige Ver=
wandte von mir — (laut) beehrt mich schon
seit langer Zeit mit ihrer Achtung, und
hat Absichten mit mir, die ich nicht ver=
diene — (heimlich) Sie will mich zum Erben
einsezzen, wenn sie nur der Teufel bald holen wollte! — (laut) soll ich dafür nicht er=
kenntlich seyn? (heimlich) Sagen sie ihr ia
nichts von unsrer Verbindung — sie besizt
einen verteufelten Stolz, und wär kapable,
ihr Testament wieder umzuändern. (laut)
Dies sind die Ursachen, warum sie sich bei
ihnen nach mir erkundigt.

Falkenau. Ja, Madame! das sind sie.

Wilhelm. Wenn das ist, so bitt ich um
Verzeihung.

Falken. Sagen sie mir nur, Herr von
Blondheim, was sie mit der Frau Bertrand
für Umgang haben?

Wilhelm. Was wollen sie damit sagen?

Blondh. Wissen sie nicht, daß man hier
immer die beste Gesellschaft findet? (heimlich)
Es ist eine Närrin, welche die Dame spie=
len will, sich aber nur lächerlich macht.
(laut) Wissen sie nicht, daß Madame überall
in Ansehen steht, und daß man durch sie
alles erhalten kann? (heimlich) Sagen sie ihr
nichts von der Verbindung, in der wir
miteinander stehen! (laut) Ich bin ihr viele

Ver=

Verbindlichkeiten schuldig, und schätze mich glücklich, täglich einige Stunden in ihrer Gesellschaft zubringen zu können. (belmlich) Es ist eine alte Klatsche, sie könnte plaudern. (laut) Dies sind die Ursachen, die mich in dieses Haus führen.

Wilhelm. Ja, Madame! dies ist der Umgang, den wir mit einander haben.

Falken. Ich bitte um Verzeihung.

Blondh. Sie müssen Freundinnen werden. Aus Liebe zu mir — umarmen sie sich! (die Falkenau und Wilhelmine eilen auf einander zu, und umarmen sich) Itzt wollen wir von ihrem Prozeß reden, gnädige Frau!

Wilhelm. Ich habe schon mit einigen von ihrer Sache gesprochen, aber alle sagten, sie hätten kein Recht.

Falken. Da hat man sie mit Unwahrheiten berichtet. Meine Sache ist die gerechteste von der Welt. Fragen sie nur den Herrn von Blondheim, der weis es so gut, und beinahe noch besser, als ich. Nicht wahr, Herr von Blondheim?

Blondh. (verlegen) Das Recht, gnädige Frau? — — Ja! Gott verdamme mich, ich weis nicht, von was für einer Sache sie reden. Sie haben der Prozesse so viele, daß man ein lebendiges Protokoll seyn müßte, wenn man sie alle merken wollte.

Adelf. u. Trug.   D   Fal-

Falkenau. Ich meine die Prozeßsache, in welcher morgen gesprochen wird.

Blondh. Da haben sie offenbar Recht.

Falken. (zur Bertrand) Hören sie's? Hören sie's? O! der Herr von Blondheim weis es akkurat. — Erzählen sie doch der Madame etwas aus diesem Prozesse, Herr von Blondheim!

Blondh. Verschonen sie mich, gnädige Frau! Es sind viele Nebensachen dabei, deren ich mich nicht mehr erinnere. Das weis ich, das ihnen das Recht kein Teufel absprechen kann.

Falken. Urtheilen sie selbst, Madame! Erst muß ich ihnen sagen, daß der Prozeß schon über hundert und funfzig Jahre dauert. Mein Urgroßvater — Gott tröste ihn in der Ewigkeit! Ach! wär er noch am Leben, ich weis gewis, ich gewänne meinen Prozeß! Nicht wahr, Herr von Blondheim?

Blondh. Ich — glaube — Ja!

Falken. Mein Urgroßvater also — (Lotte lacht) Warum lacht sie denn? (zu Wilhelminen) Sie haben ein impertinentes Kammermädchen. Sie verneigt sich nicht einmal, wenn ich von meinen Ahnen rede.

Lotte. Verzeihen sie, gnädige Frau! — Ich habe nicht die Ehre, ihre Ahnen zu kennen. (macht eine tiefe Verbeugung.)

Fal-

Falken. So ists recht, liebes Kind! Sie muß Mores in der Welt lernen.

Wilhelm. (mit verbissenem Gelächter) Lotte! laß uns allein. — Fahren sie fort, gnädige Frau!

Falken. Ja, nun weis ich nicht, wo ich geblieben bin? Helfen sie mir nur darauf, lieber Herr von Blondheim! (indem Lotte abgehen will, kommt)

Neunter Auftritt.

Henrich. Die Vorigen.

Heinrich. (der an der Thüre stehen bleibt, heimlich zu Lotten) Sagen sie doch zu meinem Herrn, er möchte ein wenig herauskommen, ich hätte nothwendig mit ihm zu reden.

Lotte. Sag er ihms selbst! (ab.)

Falken. Ja — nun besinne ich mich — so ist es! — Ich habe eine Windmühle, Madame! Die Windmühle gehört mein, aber sie geht nicht, weil man mir den Wind benommen hat. — Nun verlang' ich nichts, als den ruhigen Besitz meiner Windmühle, ist das etwas unrechtes?

Wilhelm. Und sind sie iezo nicht im ruhigen Besitze dieser Windmühle?

Fal-

Falken. Je! nein! das sag ich ihnen
ia! — — Ja! was wollt ich denn sagen?
— — Ja! Vor hundert und funfzig Jahren
(besinnt sich einen Augenblick) Ja! vor hundert
und funfzig Jahren — so lange ists nun=
mehr — ließ der Urgroßvater meiner Ge=
genpart gleich bei meinem Hause einen Wald
pflanzen. Diesen Wald pflanzte er nur mir
zum Possen — denn er sahe vorher, daß die
Bäumchen mit der Zeit in die Höhe wach=
sen, und mir die Aussicht benehmen würden.

Wilhelm. Wie? Ihnen zum Possen
hätt er den Wald pflanzen lassen?

Falken. Allerdings! — Ihm wieder ei=
nen Possen dafür zu spielen, ließ ich eine
alte verfallene Windmühle wieder herstellen.

Heinrich. (der sich unterdessen zu Blondheim
geschlichen, heimlich) Ich habe äußerst noth=
wendig mit ihnen zu reden.

Blondh. (heimlich) Du mußt warten —
du siehst, daß ich hier nicht weg kann.

Falken. Da nun diese Windmühle weit
älter ist, als der Wald meiner Gegenpart,
und der Wald — geben sie wohl Acht, Ma=
dame! lezt kommt die Hauptsache — und
der Wald — —

Wilhelm. Von solchen Geschäften ver=
steh ich nichts, ich will aber mit dem Ad=
vokat Baudius noch einmal draus reden.

Fal=

Falken. Ich bitte, fahren wir gleich zu ihm hin — ich habe meinen Wagen unten —

Wilhelm. Heute kann ich nicht aus= gehen.

Falken. Und morgen ist es nicht mehr Zeit.

Blondh. (für sich) Ich muß diese Gele= genheit benuzzen, um mich einen Augenblick loszumachen. (laut zu Wilhelminen) Fahren sie mit, Madame! ich beschwöre sie darum. (heimlich) Es ist die einzige Gelegenheit, die alte Närrin mit guter Art von hier wegzubringen. Fahren sie nicht mit, so bleibt sie uns den ganzen Nachmittag hier sizzen.

Wilhelm. Bleiben sie unterdessen hier?

Blondh. Ja!

Wilhelm. So kommen sie denn, Frau von Falkenau! Ihnen kann man nichts ab= schlagen.

Falken. Fahren sie nicht mit uns, Herr von Blondheim?

Blondh. Entschuldigen sie mich, gnä= dige Frau! Ich bin heute gar nicht aufge= legt, mich von Prozeßsachen zu unterhalten.

Falken. (heimlich zu Blondheim) Ich hoffe sie also bei mir zu finden.

Blondh. (heimlich) Ich werde nicht er= mangeln.

Wil=

Wilhelm. (zur Falkenau) Kommen sie! kommen sie!

Falken. Ich komme schon. (geht mit Wilhelminen ab.)

Zehnter Auftritt.

Blondheim. Heinrich. Lotte (die sich nur dann und wann an der Thüre zeigt, und Blondheim und Heinrichen behorcht, ohne von ihnen gleich anfangs bemerkt zu werden.)

Lotte. (für sich) Ich muß doch hören, was Heinrich seinem Herrn so nothwendig zu sagen hat.

Blondh. Gott Lob und Dank! Endlich sind sie fort! Ich bin froh — recht froh! Was zwei Weiber einem für Angstschweis auspressen können! Wie man sich winden und drehen muß, wenn man es nicht zu gewissen Erklärungen kommen lassen will! Heinrich! Itzt war ich in grosser Verlegenheit.

Heinrich. Ich merkt es, sobald ich die Frau von Falkenau sah.

Blondh. Ich war in meinem Leben schon in verschiedenen Lagen, aber in einer solchen noch nie! — Doch was hast du mir zu sagen?

Hein-

Heinrich. Ich weis nichts, gnädiger Herr!

Blondh. Wie? Du weißt nichts? — Was willst du also von mir, du Dummkopf?

Heinrich. Nun, nun, gnädiger Herr! werden sie nur nicht gleich ungehalten; sie werden darum doch was erfahren, wenn gleich ich nichts weis. (greift in die Tasche) Ich habe ihnen einen Brief zu übergeben, der ihnen genug sagen wird. (zieht ein Papier aus der Tasche) Der Ueberbringer sagte mir, er enthielte Sachen von äusserster Wichtigkeit.

Blondh. Ist er das? Gieb her!

Heinr. (besieht das Papier) Nein, gnädiger Herr! Das ist er nicht.

Blondh. Was ist es denn?

Heinr. Das Verzeichnis ihrer Liebschaften.

Blondh. Willst du gleich es zerreissen!

Heinr. Gott bewahre, hab es erst mit vieler Mühe zusammengeschrieben.

Blondh. So gieb mir nur den Brief!

Heinr. Hier ist er! (zieht ein andres Papier aus der Tasche.)

Blondh. Laß sehen!

Heinr.

Heinr. (besieht das Papier) Nein! nein! das sind die Verse, die sie neulich der Frau von Faltenau gegeben.

Blondh. Wenn es so fortgeht, so bekomme ich den Brief heut und morgen nicht.

Heinr. Verzeihen sie! Er hatte sich unter die Papiere verkrochen. Hier ist er! (giebt ihm den Brief) Er ist an den Herrn von Blumenfels addressirt. Gut, daß sie mir ihren neuen Liebeshandel entdeckt hatten! hätten sie mir heute nicht gesagt, daß sie zu gewissen Stunden, und an gewissen Orten auch Blumenfels hießen, so hätt ich diesen Brief nicht einmal angenommen.

Blondh. Er ist von meiner Brünette. Ich muß doch sehen, was sie schreibt. (erbricht den Brief und liest.)

„Endlich kann ich ihre Neugierde be-
„friedigen. Schon längst wollten sie
„mich näher kennen lernen; nun sollen
„sie erfahren, wer ich bin. Ich er-
„warte sie an dem bewußten Orte.
„Kommen sie ia! Ich habe ihnen
„tausend angenehme Dinge zu sagen.
Adje! „

Heinr. Der Kerl hat mich belogen.
Blondh. Welcher Kerl.

Heinr.

Heinr. Der mir den Wisch gegeben hat.
Ich Thor dachte Wunder! was darinnen
stünde, und lief damit, als wenn mir der
Kopf brennte!

Blondh. Der Inhalt ist wichtiger, als
du glaubst. Ich muß diesen Augenblick zu
meiner Brünette eilen.

Heinr. Haben sie ihr Versprechen schon
wieder vergessen?

Blondh. Welches?

Heinr. Haben sie der Bertrand nicht
versprochen, hier ihre Rückkunft zu erwarten?

Blondh. Es ist wahr! — Doch — es
hat nichts zu sagen. Ehe sie zurückkomt,
bin ich wieder hier. — Ein paar Zeilen muß
ich ihr doch schreiben — wenn ich ia länger
bleiben sollte. Hast du die Verse bei der
Hand, die ich der Falkenau gegeben habe?

Heinr. Ja, gnädiger Herr!

Blondh. Gieb sie her, ich kann sie für
die Bertrand auch brauchen.

Heinr. (giebt ihm die Verse) Sie bringen
sie ziemlich in Umlauf. So viel mir bekannt ist, erhält sie nunmehr die neunte.

Blondh. (ziebt seine Schreibtafel heraus,
und schreibt die Verse hinein) Das thut ia nichts
— und überdies, wollte man bei ieder Gelegenheit neue Verse nehmen — —

Heinr.

Heinr. So würden unsre Dichter bald ausgeplündert seyn.

Blondh. Was sagst du?

Heinr. Nichts! schreiben sie nur!

Blondh. (der nun geschrieben hat, und die Schreibtafel zusammenlegt) Hier! Kommt die Bertrand vor mir, so gieb ihr sie.

Heinr. Ist ihre Schreibtafel auch rein?

Blondh. Was willst du damit sagen?

Heinr. Steht kein Liebesbrief — kein skandalöses Liedchen, oder sonst etwas darinnen, was man nicht gerne allen Leuten zeigt?

Blondh. Ich glaube, du schwärmst! Ich habe sie ja erst seit gestern. Die Falkenau hat mir ein Präsent damit gemacht.

Heinr. Wenn das ist, da gehts! In der alten stehen erbauliche Sachen. (Lotte läßt sich sehen) Lotte behorcht uns.

Blondh. Ich dachte, sie wäre mit weggefahren. — Hat sie was gehört?

Heinr. Das kann ich ihnen wahrhaftig nicht sagen, gnädiger Herr! — Aber weil sie einmal hier ist, so kann ich die Schreibtafel da laffen, sie mag sie ihrer Frau geben.

Blondh. Nein! du sollst sie selbst übergeben.

Heinr.

Heinr. Dasmal gieng ich lieber mit ihnen, gnädiger Herr!

Blondh. Warum?

Heinr. Sehn sie, es ist so eine kleine Neugierde von mir. Ich möchte ihre Brünette auch gerne kennen lernen.

Blondh. Wirst dus Maul halten? — Das ist ein Esel! Er weis, daß wir behorcht werden, und dennoch — (reißt ihm die Schreibetafel aus der Hand, und ruft) Lottchen! (Lotte tritt ein) Willst du nicht diese Schreibetafel deiner' Frau geben, wenn sie kommt? (giebt ihr die Schreibetafel) Ich versprach ihr zwar, auf sie zu warten, aber ich kann nicht. Geschäfte, die sich nicht aufschieben lassen, rufen mich weg von hier. (eilt ab.)

Heinr. (zu Lotten) Sie können die Schreibetafel immer aufmachen — es stehen keine Geheimnisse darinnen.

Lotte. Ich bin nicht neugierig.

(Heinrich ab.)

Eilfter Auftritt.

Lotte allein.

Ich weis mehr, als diese Schreibetafel mir ie sagen könnte. Ich habe Dinge gehört — Dinge — nun Madame wird sich freuen! (wird ein Papier gewahr, das auf der

Erde

Erbe liegt) Was iſt das? (hebt es auf, wickelt es auf, und lieſt) Verzeichnis der Liebſchaf=
ten meines Herrn — J! das iſt ia aller=
liebſt! Wäre doch meine Frau ſchon wieder
da! — Warte, überſüßes Herrchen, du
glaubſt das Vermögen zu fiſchen, aber es
wird nichts draus, ſo wahr ich Lotte heiſſe!

Dritter Aufzug.

(Das nämliche Vorzimmer.)

Erſter Auftritt.
Baudius und Lotte.

Lotte. Nein! Herr Advokat; meine
Frau iſt nicht die einzige. Mademoiſelle
Julie will auch einen Kavalier heurathen.
Sie iſt ſterblich in ihn verliebt, und will
ſich heimlich mit ihm trauen laſſen.

Baudius. Das wäre! — Der Teufel
muß in den beiden Weibern ſtecken. Tante
und Nichte — es iſt eine ſo viel werth, als
die andere.

Lotte. Das Vermögen rechnen ſie für
nichts?

Bau=

Baudius. Diese Frage hätteſt du dir erſparen können. Hat denn die Bertrand auſſer ihrem Vermögen noch einiges Verdienſt? — Ich geſtehe dir aufrichtig, Blondheim macht mich verlegen. Ein Modekleid, ein glattes Geſicht, und ein leerer Titel hat ſchon manchem Mädchen, manchem Weibe den Kopf verrückt.

Lotte. Es kommt nur darauf an, daß ſie ihr den Einfall — denn weiter iſt es nichts — wieder ausreden.

Baud. Und hältſt du dies für etwas leichtes?

Lotte. Dafür laſſen ſie mich ſorgen. Ich will ſie auf den Herrn von Blondheim aufmerkſam machen, ihn ihr in ſeiner wahren Geſtalt zeigen, und das übrige wird ſich von ſelbſt geben.

Baud. Ei, ich will ihr den Herrn von Blondheim auf einmal verhaßt machen — gewinne ich aber dabei? Kann ſie ihn nicht des Titels wegen heurathen? Und geſetzt, wir bringen die Bertrand dahin, wohin wir ſie haben wollen, ſo wird doch mein Sohn bei Julien ſeinen Zweck weit ſchwerer erreichen.

Lotte. Bei Julien? O!. da hat es keine Noth. Ihr Vater wird ihr den kindlichen Gehorſam ſo nachdrücklich einbläuen, daß ihr

die

die Lust, ihm zu widersprechen, gewis vergehen wird. Dafür steh ich ihnen!

Baud. Gute Lotte! Die Folgen — die Folgen sind zu fürchten! Ein Mädchen, dem man einen Mann aufdringt, verfällt gemeiniglich in Ausschweifungen; vorzüglich wenn der Mann sie liebt, und sie ihr Herz schon an einen andern verschenkt hat.

Lotte. Das müssen sie besser verstehen, als ich; doch dächte ich, könten sie auf ihr Betragen ein wachsames Auge haben, und so ihrem Herrn Sohne manchen Verdruß ersparen. — Denken wir itzt lieber an die Hauptsache, und diese bleibt immer die: daß wir der Bertrand ihren lieben Blondheim aus dem Kopf bringen. Hab ich mich nicht gänzlich in ihr betrogen, so bringt sie das, was ich ihr zu sagen habe, gewis auf andre Gedanken.

Baud. Wir müssen ihr den Kopf recht warm machen — vielleicht verliert sie die Lust, einen Kavalier zu heurathen. (denkt etwas nach) Ja, richtig! Er müßte sie behext haben, wenn sie nicht eifersüchtig werden sollte. Ich will ihn in einen Handel verflechten, der sie äusserst wider ihn aufbringen wird ———

Lotte. Itzt kommt sie.

Zwei-

Zweiter Auftritt.

Die Vorigen. Wilhelmine.

Wilhelmine. (zu Baublus) Sie hier? Das ist sehr schlecht von ihnen, daß sie nicht zu Haus sind, wenn man zu ihnen geht.

Baud. Madame! hätt ich die Ehre voraus sehen können, die sie mir erwiesen haben, so wär ich gewis nicht ausgegangen.

Wilhelm. Das ist schlecht von ihnen — sehr schlecht! Ein Advokat soll immer zu Hause seyn, oder die Praxis niederlegen. Wer wird ihn denn in der ganzen Stadt erst suchen, wenn man mit ihm reden will?

Baud. Madame! Ich komme von der Frau von Tiefenthal —

Wilhelm. Was? Sie kennen dieses Weib?

Baud. Ja! Madame.

Wilhelm. Und kommen von ihr?

Baud. Ja! Madame.

Wilhelm. So können sie immer wieder zu ihr gehen. Ich will weder mit ihnen, noch mit ihr etwas zu thun haben. Ich hätte ihnen mehr Lebensart zugetraut. Was? Zu diesem Weibe gehen sie, und haben noch die Frechheit mir es ins Gesicht zu sagen?

Baud.

Baud. Wenn ich ihr Visite machte, so geschah es blos ihrentwegen. Sie haben sich heute mit ihr überworfen. Ich kenne sie. Sie ist ein böses Weib. Sie haben sie beleidigt — nehmen sie sich in Acht! Sie wird sie so lächerlich machen — —

Wilhelm. Immer besser! Mich lächerlich machen? Mich?

Baud. Halten sie dies für unmöglich? Heut zu Tage ist nichts leichter. Und gesetzt auch, Verläumdung könnte sie nicht erreichen, so giebt es doch gewisse Dinge, die sie mehr als Verläumdung fürchten sollten.

Wilhelm. (spöttisch) Das wäre! Und wie heissen sie denn, wenn man fragen darf?

Baud. Wollen sie sie in einem einzigen Worte hören?

Wilhelm. Ich liebe die Kürze.

Baud. Chikane. — Sie haben ein gutes Herz — viel Vermögen — und dabei den besten Willen, es andern in einem großen Aufwande zu zeigen. Alles dieses erwirbt ihnen Neider. Wie bald könnte man ihnen das Vermögen streitig machen! Es giebt gewisse Untersuchungen, die immer einen gewissen Fall nach sich ziehen.

Wilhelm. O! dafür lassen sie mich sorgen, wenigstens sollen sie nicht mit mir zugleich stürzen.   Baud.

Baud. Ich war bei der Frau von Tiesfenthal, und habe es durch den geringen Kredit, in welchem ich bei ihr stehe, dahin gebracht, daß sie schweigen will.

Wilhelm. O! sie mag reden — so lange sie will; aber ich werde gewis auch nicht schweigen!

Baud. Das glaub ich; aber sie würden zittern, kennten sie ihre Zunge. Jedes Wort, das ihr entfährt, trift gewis, und empfindlich. Ich fand sie äusserst wider sie aufgebracht. Ich habe sie in etwas besänftigt, aber sie allein können die Sache wieder unterdrücken, wenn sie ihr Visite machen, und einige Höflichkeiten bezeigen.

Wilhelm. Ich ihr Visite machen — hofiren? Ich? ich?

Baud. So schicken sie wenigstens iemanden hin, der bei ihr in grösserem Kredit steht, als ich! Das sag ich ihnen, die Sache ist von Folgen — wenn sie sie nicht bald beilegen.

Wilhelm. Schweigen sie mir von diesem Weibe! Ich weis viel, wer mit ihr Umgang hat?

Baud. Dies wäre bald zu erfahren, wenn sie nur mit einem gewissen Herrn von Blondheim Bekanntschaft machen könnten.

Wilhelm. Mit wem? Mit dem Herrn von Blondheim?

Adelf. u. Trug.   E   Baud.

Baud. Ja! so viel ich gehört habe, soll sie Blondheim ganz regieren.

Wilhelm. Ist er etwan in sie verliebt?

Baud. Nein! Die Frau von Tiefenthal ist in ihn verliebt, und er läßt sichs so gefallen, weil er seine Rechnung dabei findet.

Wilhelm. (sinkt auf einen Stuhl zurück) Gott! Lotte!

Baud. Was fehlt ihnen, Madame?

Wilhelm. Nichts! nichts?

Baud. Dieser Blondheim könnte sie am ersten besänftigen. — Das ist ihnen ein ganz besonderer Mensch. Er soll mit den meisten Damen Bekantschaft haben.

Wilhelm. Darnach werd ich mich erkundigen.

Baud. Gewöhnlich hat er fünf, sechs auch mehrere Schönen, ie nachdem er mehr oder weniger Geld braucht. Diesen verspricht er nach der Reihe, sie zu heurathen. Die eine sorgt für seine Equipage, die andere giebt ihm Spielgeld, die dritte hält seine Garderobe in Ordnung, die vierte versieht ihn mit Meubles, kurz iede muß zu seinem Unterhalte das ihrige beitragen, sonst wird sie aus der Liste der Auserwählten ausgestrichen.

Wilhelm. Das ist ia ein abscheulicher Mensch!

Baud.

Baud. Und doch der Einzige, der sie
ihrer Verlegenheit entreissen kann! Adje,
Madame! Ich bitte — ja ich beschwöre sie,
vernachläßigen sie diese Sache nicht! sie ist
wichtiger, als sie glauben. (ab)

Dritter Auftritt.

Wilhelmine. Lotte.

Lotte. Der Herr Advokat Baudius
nimmt sich ihrer Angelegenheiten an, als
wenn sie ihn selbst beträfen. Der arme
Narr! Gewis denkt er noch ihr Gemahl
zu werden.

Wilhelmine. Wär es möglich? Sollte
Blondheim wirklich so ein großer Betrüger
seyn, als Baudius ihn beschreibt?

Lotte. Müssen sies Betrug nennen? —
In der Hofsprache heißt es Galanterie —
Lebensart.

Wilhelm. Wissen kann es Baudius nicht,
daß ich Blondheim kenne.

Lotte. Es hat keinen Anschein.

Wilhelm. Auch kann er hier nicht ab-
sichtlich von ihm gesprochen haben.

Lotte. Nun, nun! Hätt er das Ver-
hältnis gewußt, worinnen sie mit ihm stehen, so würde er gewis nicht so frei von
ihm gesprochen haben.

Wil-

Wilhelm. Lotte! Blondheim hintergeht
mich. Aller Wahrscheinlichkeit nach bin ich
eine von den Auserwählten, — wie sie Bau=
dius nannte — denen er nach der Reihe die
Ehe verspricht.

Lotte. Hier ist seine Schreibetafel. Ich
wollte sie ihnen vor dem Advokat Baudius
nicht geben.

Wilhelm. Das war klug! Was soll ich
aber mit der Schreibetafel?

Lotte. Lesen, was er hineingeschrieben:
Vielleicht schreibt er ihnen die Ursachen,
warum er nicht auf sie gewartet hat.

Wilhelm. Will doch sehen! (macht die
Schreibetafel auf, und liest für sich. Nachdem sie
gelesen) Wahrlich, Blondheim ist unschuldig!
Auch weis ich ihms grossen Dank, daß er
weggegangen ist, denn wahrscheinlicher Weise
hat er es aus keiner andern Ursache gethan,
als um mir diese Galanterie zu machen.

Lotte. (für sich) Das nimmt eine uner=
wartete Wendung. (laut) Was ist es denn?

Wilhelm. Es sind Verse — so zärtlich
geschrieben — o! hat sein Herz sie ihm dik=
tirt, so hab ich alle Ursache, mit ihm zu=
frieden zu seyn. Herr Baudius ist ein nie=
derträchtiger Verleumder, und Blondheim
ein ehrlicher Mann, den ich mehr, als ie=
mals liebe.

Lot=

Lotte. Ja, Madame, das ist er wahr=
haftig! Und ich wollte fast drauf schwören,
daß er sie liebt.

Wilhelm. Das hat er mir millionenmal
geschworen.

Lotte. Sag ichs doch! (zieht ein Papier
aus der Tasche, und steckt es wieder ein.)

Wilhelm. Was hast du da für ein
Papier?

Lotte. Es ist nichts! Ich hab es hier
gefunden, der närrische Heinrich muß es aus
der Tasche verlohren haben.

Wilhelm. Laß mirs sehen!

Lotte. Es ist eine Spielerei des kindi=
schen Heinrichs.

Wilhelm. Es mag seyn, was es will;
ich wills sehen!

Lotte. Diesmal sollt ich ihnen nicht
gehorchen. (giebt ihr das Papier.)

Wilhelm. (liest) Verzeichnis der Lieb=
schaften meines Herrn. — Und diesen Wisch
hat Heinrich verlohren, sagst du?

Lotte. Ich weis es nicht gewis; ich
vermuthe es nur, weil ausser ihm kein Be=
dienter ins Zimmer gekommen ist.

Wilhelm. (liest weiter) 1) Frau von
Tiefenthal ——,, Ja, ja! Baudius hat
Recht, Blondheim ist ein Bösewicht. Gott!
wie wird mir? (sinkt auf einen Stuhl.)

Lotte. (eilt zu ihr, reißt ihr das Papier aus der Hand, und unterstützt sie) Dacht ich doch, daß das verfluchte Papier nichts Gutes stiften würde! Hatt' ich ihnen doch nur nicht gefolgt! Ich wills auch gleich zerreissen. (thut, als wollte sies zerreißen,)

Wilhelm. Nein! nein! Ich muß es lesen — ganz lesen, und sollt es auch mein Tod seyn!

Lotte. Bewahre mich Gott! Daran mag ich nicht Ursache seyn. Ich gebe ihnen diesen abscheulichen Wisch nicht wieder.

Wilhelm. Gieb her — ich will es lesen, um aus ihm einen ewigen Haß gegen den Treulosen zu schöpfen.

Lotte. (giebt ihr das Papier) Das laß ich mir noch eher gefallen.

Wilhelm. (liest) ''2) Charlotte von Wolmut,, — Der Niederträchtige!
,,3) Friderike von Meiningen,, —
        Daß ich ihn lieben mußte!
,,4) Luise Freyin von Hohenreuth,, —
        Der Abscheuliche!
,,5) Amalie Gräfin von Donnerer,, —
        Wie hasse — wie verabscheue ich ihn!
,,6) Julie von Berginbaum,, —
        Das Ungeheuer!
,,7) Kunigunde von Wolfenfeld,, —
        Ich kann nicht mehr! (läßt das Papier aus der Hand fallen) Mir soll er nie wieder
                                                                vor

vor die Augen kommen! Nie — das ist fest beschlossen — nie will ich ihn wiedersehen!

Lotte. Es kommt iemand; gewis ist ers! (läuft nach der Thüre.)

Wilhelm. Wo willst du hin?

Lotte. Ich will hinausgehen, und ihn auf immer abfertigen.

Wilhelm. Nein! (besinnt sich einen Augenblick) Nein! Laß ihn hereinkommen. Ich will ihn beschämen, und dann fortschicken.

Lotte. Hier ist er schon!

Vierter Auftritt.

Die Vorigen. Blondheim. Heinrich (der seinen Herrn in der Thüre aufhält.)

Heinrich. Gnädiger Herr! So hören sie doch! Die Frau von Falkenau wartet auf sie.

Blondheim. Wartet sie, so hab ich ia noch Zeit. (zu Wilhelminen) Ha! sie schon wieder hier? Mit welcher Ungeduld — —

Wilhelm. Bei wem waren sie denn itzt, Herr von Blondheim? Bei der Frau von Tiefenthal? Bei der Wolmut? Bei der von Meiningen? Bei der Hohenreuth? Bei der Gräfin Donnerer? Bei der Verginbaum? Oder waren sie bei der Wolkenfeld?

Blond.

Blondh. Was wollen fie damit fagen?

Wilhelm. Was ich damit fagen will? Treulofer!

Blondh. Gott verdamme mich, wenn ich davon ein Wort verftehe!

Wilhelm. So wirds vielleicht Heinrich verftehen. Komm er her, Heinrich! komm er her!

Heinrich. Madame — —

Wilhelm. So komm er nur her! (Heinrich nähert fich einige Schritte) Kennt er diefe Schrift?

Heinrich. (der einen Blick aufs Papier wirft, verlegen) Madame — mein Herr — hat mir eine kleine Kommiffion aufgetragen, ich bin den Augenblick wieder hier.

Wilhelm. Nein! nein! Ich laß ihn nicht von der Stelle; er muß mir das Räth= fel erklären!

Blondh. Was ift es denn?

Wilhelm. (zu Blondheim) Heinrich wird es ihnen schon fagen — er weis es beffer, als ich.

Blondh. (zu Heinrichen) So rede! Was ift es?

Heinrich. (verlegen) Gnädiger Herr — — (leife zu Blondheim) Es ift das Verzeich= nis ihrer Liebfchaften.

Blondh.

Blondh. (heimlich zu Heinrichen) Hab ich dir nicht gesagt, du sollst es zerreissen? Itzt magst du sehen, wie du mich und dich herauswickelst. Kannst du deinen Eselsstreich nicht verbessern, so bewahre dein Fell!

Heinrich. (heimlich zu Blondhelm) Lassen sie mich nur machen! Habe mir wohl aus grösseren Verlegenheiten geholfen! (laut) Ehe ich ihnen sage, was es ist, bitte ich mir das Blatt wieder aus.

Wilhelm. (zu Blondhelm) Ha, Treuloser! du möchtest den Beweis, den ich hier wider dich habe, mir gerne aus der Hand spielen — aber umsonst! dieses Blatt soll ewig wider dich zeugen, und mich in meinem Vorsatze: dich ewig zu hassen, bestärken!

Blondh. (zu Heinrichen) So sage mir nur, was es ist?

Heinr. Gnädiger Herr! ich habe ein Mädchen — —

Blondh. Darnach hab ich nicht gefragt. Ich will wissen, was auf dem Papier steht, das Madame in der Hand hat!

Heinr. Sie werden es gleich erfahren! — Das Mädchen hat mir ewige Liebe geschworen, aber — wie Mädchen sind! — ihren Schwur nicht gehalten. Ich bemerkte schon seit einigen Wochen eine Kälte an ihr, die mich entsezte. Ich beschloß, sie zu beobachten, um die Ursache zu entdecken — —

Blondh: Hole der Teufel dich und dein Mädchen! —

Heinr. Gnädiger Herr! dieses Papier und mein Mädchen stehen in einer nähern Verbindung, als sie glauben. — Hinter ein so wichtiges Geheimnis zu kommen, verbarg ich mich täglich in einen Winkel des Hauses, darinnen sie wohnet. Hier konnt ich ungesehen, alles bemerken, was ein = und ausgieng. Wie ich gestern so dastehe, kommt einer meiner Kameraden, den ich schon mehrmals passiren gesehen. Du hast mir mein Mädchen verführt — —

Blondh. Der Donner und 's Wetter über das Mädchen! Immer sein Mädchen, und kein Wort vom Papier!

Heinr. Itzt wirds gleich kommen. — „Du hast mir mein Mädchen verführt? — dachte ich, und überlegte, ob ich ihm das Trinkgeld dafür länger schuldig bleiben sollte, als er mit dem Schnupftuche ein Blatt aus der Tasche riß, ohne es zu bemerken. Gewis ein Liebesbrief von meiner Ungetreuen, dachte ich, lief, als er sich entfernt hatte, hin, hob das Papier auf, und fand, was Madame in der Hand hat.

Blondh. Und dieses Papier konnte sie so sehr wider mich aufbringen? Lassen sie doch sehen, was es ist?

Wil=

Wilhelm. (zu Heinrichen) Was war es für ein Bedienter? Wie heißt sein Herr?

Heinr. Verzeihen sie, Madame! dies ist ein Geheimnis, das ich ihnen nicht aufdecken kann, ohne einen Kavalier in üblen Ruf zu bringen, der, wenn es herauskäme, mir den Hals dafür brechen könnte.

Blondh. Also erfahr ichs nicht?

Wilhelm. (läßt das Papier fallen. Zu Blondheim) Können sie mir vergeben?

Blondh. Ich ihnen vergeben? Was denn?

Wilhelm. Daß ich einen Augenblick an ihrer Treue — an ihrer Rechtschaffenheit zweifelte.

Heinr. (hebt das Papier auf, und giebt es Blondheim) Hier können sie sehen, was es ist!

Blondh. (der das Papier flüchtig überliest) Nun versteh ich das Kompliment, Madame! das sie mir beim Eintritte machten. — Solche Begriffe haben sie von mir? Es ist wahr, ich bin ganz, wofür sie mich halten — untersuchen sie nur mein Betragen!

Wilhelm. (eilt zu ihm, und legt ihm den Finger auf den Mund) Stille, lieber Herr von Blondheim!

Blondh. Nein! nein! Itzt ist die Reihe an mir. — Schon seit zwei Monaten schlag

ich

ich alle Parties de plaisir aus, zu denen
man mich einladet — ich finde nur in ihrem
Umgange Vergnügen — meine einzige Glück=
seligkeit ist die: sie zu sehen, sie zu lieben,
und es ihnen zu sagen — Ich wiederhole
ihnen alle Augenblicke die Schwüre unwan=
delbarer Treue — ich überwinde die Abnei=
gung, die junge Kavaliers gewöhnlich vor
der Ehe haben — Ich entsage allen Gesell=
schaften — gebe allen Umgang mit den Da=
men auf; stürze dadurch vielleicht die lie=
benswürdigsten Personen von der Welt in
Verzweiflung — Alles dies ist ruchlos,
ich gestehe es. Ich bin ein Treuloser, aber
sie sind die einzige Person in der Welt, die
sich darüber nicht hätte beklagen sollen.

Wilhelm. Sind sie so unversöhnlich?
Können sie einen Fehler, den Liebe begehen
hieß, und Liebe verbessern soll, nicht ver=
gessen? (umarmt ihn) Vergebung, lieber Herr
von Blondheim!

Fünfter Auftritt.
Die Vorigen. Adolph.

Adolph. (zu Wilhelminen) Es ist ein Herr
draussen — er giebt sich für einen Notarius
aus, und hat wenigstens einen halben Ries
Papier unterm Arme — soll ich ihn herein=
lassen?

Blondh.

Blondh. (zu Adolphen) Nein! nein!
Schick ihn wieder fort! (zu Wilhelminen)
Ich hatte ihn bestellt, aber wie izt die Sa-
chen stehen — —

Wilhelm. (die Blondheim sanft auf den
Backen schlägt) Sie Boshafter! (zu Adolphen)
Laß ihn nur hereinkommen! (Adolph ab.)

Blondh. Aber, Madame! Was soll
der Notarius? Bin ich nicht ein Treuloser?

Wilhelm. (zärtlich) Ja wohl! Aber ein
liebenswürdiger.

Sechster Auftritt.

Wilhelmine. Blondheim. Notarius
(einige Bücher Papier unter dem Arme)
Lotte. Heinrich.

Wilhelm. (zum Notarius, der hereintritt)
Kommen sie! kommen sie!

Blondh. (zum Notarius) Ich habe sie
zwar herbestellt, um einen Kontrakt aufzu-
setzen — aber Madame (auf Wilhelminen deutend) hat sich unterdessen anders besonnen.
Ich wollte mich ihr ganz widmen — entsagte
allen übrigen Verbindungen, die ich einge-
gangen war — entsagte ihnen blos um ih-
rentwillen — und nun nennt sie mich einen
Treulosen, der ihre Hand nicht verdienet.

Notarius. Das ist wunderbar!
Wil-

Wilhelm. (zum Notarius) Gehen sie nur in mein Zimmer; der Herr von Blondheim scherzet nur. (zu Blondheim) Kommen sie, kleiner Starrkopf! Ich will ihnen zeigen, daß sie Unrecht haben.

Blondh. Ich wüßte wahrlich nicht, was ich mit dem Notarius reden sollte.

Wilhelm. Aber wir müssen doch mit einander übereinkommen, wir — —

Blondh. Dies fürcht ich eben! Mir ist nichts verhaßter, als Kontrakt, Artikel, und wie der juristische Schnickschnack weiter heißt.

Wilhelm. Kommen sie in mein Kabinet — —

Blondh. Sagen sie mir nur, was ich in ihrem Kabinete soll? Ihnen sagen, daß sich ein junger Kavalier ohne Nebenabsicht nicht mesalliirt? Daß all die Liebe, die ich für sie habe, mich vor den Spöttereien der Welt nicht sichern würde? Daß sie, um mich in den Augen meiner Freunde einigermaßen zu rechtfertigen, mir ihr ganzes Vermögen verschreiben müßten? Und solche Sottisen soll ich ihnen sagen? Nein! Madame! lieber sterben, als ie ein solches Wort über die Zunge bringen.

Notarius. (für sich) Hält dieser Streit noch lange an, so verlier ich meine Gebühren.

Ich

Ich muß, wider die Gewohnheit meiner Herren Halbbrüder — der Herren Advoka=ten — die Partheien vereinigen. (laut) Nein! Madame! Der Herr von Blondheim besi=zen zu viel Lebensart, als daß sie so was sagen sollten. (zu Blondheim) Und sie, Herr von Blondheim, können ia die Abfassung der Artikel der Madame überlassen. Sie liebt sie, und wird gewis ganz uneigennützig zu Werke gehen.

Wilhelm. Ja, gewis, lieber Herr von Blondheim! Kann eine Schenkung meines ganzen Vermögens sie von meiner Zärtlich=keit überzeugen, so bedaure ich nichts, als daß ich nicht reicher bin. Mein ganzes Vermögen will ich ihnen verschreiben. Kom=men sie!

Notarius. Das nenn ich Liebe!

Blondh. Weil sie es denn durchaus so haben wollen, so lassen sie den Kontrakt nach ihrem Belieben aufsetzen — ich ver=spreche ihnen, daß ich ihn blindlings unter=schreiben will.

Notarius. Welche Uneigennützigkeit!

Wilhelm. Kommen sie lieber mit! Kom=men sie! (mit zärtlichem Blick und Tone) Ich bitte!

Blondh. Ich bitte — verschonen sie mich! Sie könnten in meiner Gegenwart

mehr

mehr versprechen, als sie wollten — und das mag ich nicht!

Notarius. (zu Wilhelminen) So lassen sie ihm diesen kleinen Eigensinn!

Siebenter Auftritt.

Die Vorigen. Adolph.

Adolph. Madame! Mademoiselle Julie möchte sie gerne sprechen.

Wilhelm. (zu Blondheim) Ich möchte nicht gerne, daß meine Nichte sie itzt schon sähe — gehen sie unterdessen — —

Blondh. Ich gehe schon (gebt auf die Thür zu, zu der Adolph hereingekommen.)

Wilhelm. Nein! gehen sie lieber die hintere Treppe hinunter; hier liefen sie ihr gerade in die Hände.

Blondh. Auch das! (gebt durch eine Seitenthüre mit Heinrich ab.)

Wilhelm. (ruft ihm nach) Aber kommen sie ja bald wieder! (zu Adolphen) Itzt kannst du sie hereinkommen lassen. (Adolph ab.)

Ach-

Achter Auftritt.

Wilhelmine. Lotte. Notarius. Julie.

Julie. Liebe Tante! Ich komme, ihnen zu sagen — — (wird den Notarius gewahr) Wer ist dieser Herr da?

Wilhelm. Ein Notarius — er wird meinen Ehekontrakt auffetzen.

Julie. Ach! liebe Tante, laſſen ſie für mich auch gleich einen machen! Ich habe ihn geſehen — geſprochen — ſie glauben nicht, mit was für Freude er den Antrag annahm, den ich ihm machte! Er war ganz entzückt. Alles ſchien ihm leicht. Seine Ungeduld übertrift noch die meinige, und ich kam, ſie um ihren Beiſtand zu bitten.

Wilhelm. Den ich dir im voraus verſpreche. Ehe ich aber frage, womit ich dir gefällig ſeyn kann, muß ich dieſen Herrn (auf den Notarius deutend) abfertigen. (geht mit dem Notarius ab.)

Lotte. (für ſich) Und ich muß nunmehr die Minen, die ich angelegt habe, in Brand ſetzen, um die thörigten Unternehmungen dieſer Närrinnen in die Luft zu ſprengen.

Neunter Auftritt.

Julie. Lotte.

Julie. (eilt auf Lotte zu, und fällt ihr um den Hals) Lotte! ich bin das glücklichste Mädchen von der Welt. Meine Freude geht aber alle Beschreibung.

Lotte. Nun, nun! Wenn sie ihnen nur nicht verdorben wird!

Julie. Wer soll sie mir verderben?

Lotte. Wer? — Ihr Herr Vater! Erfährt ers — —

Julie. Mag ers erfahren!

Lotte. Aergern sie sich nicht, daß sie ihre Tante um das schöne Vermögen bringt, das sie bekommen hätten, wenn sie den Herrn Advokat Baudius —)—

Julie. Fi! Schweig von dieser Verbindung. Was frag ich nach dem Vermögen — ich heurathe einen Kavalier?

Lotte. Und eben deswegen sollten sie vorzüglich darauf bedacht seyn.

Julie. Wie wenig kennst du doch die Liebe! das Vermögen rührt mich nicht; geliebt zu werden reizt mich!

Lotte. Von Seufzern, wären sie auch noch so verliebt, von zärtlichen Blicken, von Küssen und Schwüren läßt sich nicht
lange

lauge zehren — Und dann, wer versichert
sie denn, daß sie geliebt werden? Unsre iunge
Herren sind im Punkte der Liebe Erzbe=
trüger.

Julie. Dieser nicht. Er schwört so ver=
liebt, hat so viel Witz, macht so schöne
Verse, daß er unmöglich ein Betrüger seyn
kann!

Lotte. Ja! wenn er Verse macht, so
ist es etwas anderes!

Julie. Höre nur, was er mir in der
ersten Viertelstunde unsrer Bekanntschaft für
Verse gemacht hat! Ich habs mit meinen
Augen gesehen, wie er sie aus dem Steg=
reif mit Bleistift auf ein Blatt Papier ge=
schrieben. (Sucht in der Tasche.)

Zehnter Auftritt.

Die Vorigen. Frau von Falkenau (tritt
ein, ohne bemerkt zu werden.)

Lotte. Sie werden wohl gar ihr Lob ver=
lohren haben.

Julie. Nein! hier sind sie. (zieht ein
Papier aus der Tasche und liest.)

Aus deinem Feuerauge fährt
  Der Liebe Gluth in mich.
Sie tobt im Innern und verzehrt
  Mich Armen sichtbarlich.

Mein

Mein ganzes Wesen lodert hoch
  In helle Flammen auf:
O thaue, Liebchen, thaue doch
  Ein Tröpfchen Gunst darauf.

Falkenau. (für sich) Was hör ich? Das
sind ja die Verse, die der Herr von Blond=
heim auf mich gemacht hat!

Julie. (zu Lotten) Nun! was sagst du
dazu?

Falkenau. (hat sich unterdessen Julien unbe=
merkt genähert. Reißt ihr das Papier aus der
Hand. Julie erschrickt) Sie ist ziemlich
neugierig, Mamsellchen! Meiner Treu!
ziemlich neugierig!

Julie. (die sich wieder erholt) Madame!
was soll dies bedeuten? (zu Lotten) Wer ist
denn die alte Närrin?

Falkenau. Seht doch das kleine schnip=
pische Ding! Hör sie, Kleine! sie ist ein
impertinentes Jüngferchen.

Lotte. (für sich) Das ist drollig, meiner
Treu!

Julie. (zur Falkenau) Geben sie mir mei=
ne Verse wieder!

Falkenau. Wie? dein wären die Verse,
die auf mich gemacht sind?

Julie. Auf sie gemacht? Ha, ha, ha!
Diese Verse auf sie gemacht! Wie alt müß=
ten

ten sie da wohl schon seyn? — Lesen sie solche
doch erst, ehe sie sich lächerlich machen!

Falkenau. O! ich konnte sie auswendig,
ehe sie kleines nasewelses Ding sie zu sehen
bekam.

Julie. Nun so werden sie auch wissen,
daß die Worte: Aus deinem Feuerauge
fährt der Liebe Gluth in mich — ohn=
möglich auf sie passen können. Uiberschwem=
mung droht ihr Auge wohl, aber vor Ent=
zündung ist ieder gesichert.

Falkenau. (fährt auf Julien los, wie eine
Furie; Lotte tritt dazwischen) Laß mich, Lotte!
ich muß das iunge Ding da Respekt lehren.

Lotte. Um Gotteswillen, gnädige Frau!
vergreifen sie sich nicht an der Mamsell,
es ist die Nichte meiner Frau.

Falkenau. Ei! und wenn es deine Frau
selbst wäre! Eine solche Beleidigung sollt ich
ungeahndet lassen? (will immer auf Julien
los, Lotte läßt es aber nicht zu.)

Julie. Geben sie mir meine Verse, sonst
fahr ich ihnen in die Frisur. (stellt sich, als
wollte sie ihre Drohung in Erfüllung bringen. Die
Falkenau tritt erschrocken zurück, und Lotte ver=
hindert es.)

Lotte. Mademoiselle! moderiren sie
sich — es ist die Frau von Falkenau!

Julie.

Julie. Ei! und wenn sie dreimal mehr wäre, als sie wirklich ist! Ich will meine Verse haben!

Eilfter Auftritt.

Die Vorigen. Wilhelmine.

Lotte. Gut, Madame, daß sie kommen! Hier wollen sich zwei Damen — was doch schon bei Kavalieren sogar ausser Mode ist — die Hälse brechen.

Wilhelm. Was ist denn das für ein Lärmen? Frau von Falkenau! Was fehlt ihnen? Nichte! was ist dir denn geschehen?

| Julie. | (zugleich) | (Sagen sie der Frau von Falkenau, daß sie mir meine Verse wieder giebt, oder (macht mit der Hand eine ausdruksvolle Bewegung.) |
| Falkenau | | (Züchtigen sie das ungezogene Ding, oder ich züchtige sie! |

Wilhelm. Nun, nun! Schreit nur nicht alle beide auf einmal! Man versteht ja kein Wort!

Julie. Ich will ihnen sagen, liebe Tante, wo der Streit herkam. Ich habe Verse bekommen — sie können leicht errathen, von wem?

wem? — Ich lefe fie Lotten vor, die Frau von Falkenau kommt dazu, reißt mir fie aus der Hand, und fagt: fie wären auf fie gemacht worden, fie hätte fie hier verlohren.

Wilhelm. Mußt du deswegen ein folches Geſchrei erheben? Pfui! das ſchickt ſich für ein iunges Mädchen, wie du biſt, gar nicht. Geſetzt auch, du hätteſt Recht — —

Falkenau. Nein! Sie hat Unrecht, und fagt fie noch ein einzigesmal, daß diefe Verſe ihr zugehören, ſo kratz ich ihr die Augen aus.

Wilhelm. Sachte, ſachte, Frau von Falkenau! — Sie ſollten ſich ſchämen, wegen ein paar Verſe einen ſolchen Lärmen anzufangen! Laſſen ſie ſie doch einmal ſehen!

Falkenau. Nein! ich gebe ſie nicht aus der Hand. Herſagen will ich ſie ihnen — ich kann ſie auswendig. Sie können daraus ſehen, daß ich Recht habe, und daß ihre Nichte ein unverſchämtes Ding iſt, das Züchtigung verdient. Hören ſie! (rezitirt.)

Aus deinem Feuerauge fährt
  Der Liebe Gluth in mich.
Sie tobt im Innern und verzehrt
  Mich Armen ſichtbarlich.

Mein

Mein ganzes Wesen lodert hoch,
In helle Flammen auf;
O thaue, Liebchen, thaue doch
Ein Tröpfchen Gunst darauf!

Julie. Nun, liebe Tante, was sagen
sie zum Feuerauge? (auf die Falkenau deutend)
Wäre der Liebhaber nicht glücklich, der von
dem Thau ihrer Lippen beträufelt würde?
Und verdiente eine solche Gunst nicht be=
sungen zu werden?

Wilhelm. (welche die ganze Zeit über voll
Erstaunen da gestanden) Nichtchen! Und diese
Verse wären auf dich gemacht?

Julie. Allerdings, liebe Tante!

Falkenau. Sie sehen, Madame, daß
ich ihnen keine Unwahrheit sage.

Wilhelm. Wir sind alle drei betrogen.
Hier, Madame! (giebt ihr die Schreibetafel,
die Blondheim zurückgelassen.)

Falkenau. Das ist ja die Schreibetafel,
die ich gestern dem Herrn von Blondheim
gegeben habe!

Wilhelm. Lesen sie nur, was mir der
saubere Herr von Blondheim hineingeschrie=
ben hat!

Falkenau. (macht die Schreibetafel auf, und
wirft einen Blick auf das Geschriebene) Ja! ja,
die nämlichen Verse, die er mir gegeben hat!
Meine Schreibetafel und seine Hand! —

War-

Warte , dir will ich den Kopf waschen
Ich empfehle mich!

Julie. Ich kenne ihren Blondheim nicht
— geben sie mir meine Verse wieder! ich
habe sie ihn mit meinen Augen machen sehen —

Falkenau. Nun ist mir wenig daran
gelegen — hier sind sie! (giebt ihr das Papier
wieder) Adje! (eilt ab.)

Julie. Sie verzeihen , liebe Tante! ich
muß nach Haus. (geht mit einer Verbeugung
ab.)

Wilhelm. Adje, Nichte!

Zwölfter Auftritt.

Wilhelmine , und Lotte.

Wilhelm. Ha! Lotte, ich bin unglück-
lich! Blondheim betrügt mich, die Falkenau,
und wahrscheinlicher Weise auch meine
Nichte!

Lotte. Dies wundert mich nicht — das
wundert mich aber, wie sie sich von diesem
Windbeutel so sehr einnehmen lassen konnten!

Wilhelm. Ein Glück , daß ich den
Kontrakt noch nicht unterschrieben habe! —
Nun will ich auch gleich den Notarius fortschicken, und die Verbindung mit dem Advokat Baudius beschleunigen , damit ich von
dem

dem geadelten Taugenichts nichts mehr höre. Kommt Blondheim her, so laß ihn nicht herein. Oder noch besser, sage dem Haus= meister, er soll ihn gleich unten abweisen. (gehen beide von verschiedenen Seiten ab.)

Vierter Aufzug.

(Wilhelminens Wohnzimmer.)

Erster Auftritt.

Blondheim, und Heinrich.

Heinr. Das begreif ich nicht — wahr= lich nicht! Da muß was darhinter stecken.

Blondh. Ich begreif es recht gut.

Heinr. Es fehlte nicht viel, so hätt uns der Hausmeister zur Thür hinausgeworfen.

Blondh. Der Hausmeister ist ein Esel; er weis nicht, was er thut.

Heinr. Nun wird sich die Bertrand erst recht ärgern, wenn sie uns gar auf ihrem Zimmer findet!

Blondh. Darum hab ichs gethan. Denkst du, daß mir an ihr was gelegen ist? — Gott verdamme mich, nicht das geringste!

Heinr.

Heinr. Aber daß sie die Schliche so wissen — ich hätte die Zimmerschlüssel nicht gefunden.

Blondh. Es ist ia nicht das erstemal, daß ich auf sie warte.

Heinr. Wenn ich nur wissen sollte, warum uns die Bertrand das Haus verbieten läßt! Nicht wahr, sie haben ihr einen Streich gespielt, den sie wieder erfahren?

Blondh. Auf meine Ehre, Heinrich! du hast es errathen. Schade, daß wir in keiner Reichsstadt sind, du müßtest mir auf der Stelle Rathsherr werden?

Heinr. Wodurch hätt ich eine solche Züchtigung verdient?

Blondh. Züchtigung? Bei Gott! du bist der erste, der den Antrag einer Rathsherrnstelle für Züchtigung hält.

Heinr. Unter Schneidern — Tuchmachern — und Lohgärbern zu sitzen und immer Ja! zu sagen, wäre für mich die empfindlichste Strafe. — Aber womit haben sie sie denn beleidigt?

Blondh. Mit den Versen, die ich ihr heute gegeben habe.

Heinr. Hat sie etwan die Galanterie für Satire angesehen? Denn die Verse, die sie ihr gegeben haben, scheinen auf eine iunge Schöne gemacht zu seyn, und

die

die Bertrand nähert sich wenigstens dem alten Register.

Blondh. Du kennest das schöne Geschlecht wenig; die ältesten Damen hören es gerne, wenn man von ihrem wahren Alter dreißig bis vierzig Jahre subtrahirt. — Nein, Heinrich! Dies war es nicht. Sie hat durch einen Zufall erfahren, daß ich die nämlichen Verse mehrern Frauenzimmern gegeben.

Heinr. Ganz gewis hat die Falkenau geplaudert.

Blondh. Es war noch eine Dritte dabei, die mir nicht genannt worden ist.

Heinr. Woher haben sie aber diese Nachricht?

Blondh. Von der Falkenau selbst. Sie war schrecklich wider mich aufgebracht.

Heinr. Das glaub ich! — Unter uns, die Falkenau ist ein abscheuliches Weib.

Blondh. Das ist wahr; aber, Gott sei Dank! ich weis mit ihr umzugehen. Wenn sie schreit, schrei ich noch ärger; hat sich ihren Zorn ein wenig gelegt, so rechtfertige ich mich, so gut ich kann; hilft dies noch nichts, dann nehm ich eine Gleichgültigkeit an, die an Verachtung grenzt.

Heinr. Haben sie heute alle diese Touren mit ihr gemacht?

Blondh.

Blondh. Alle! — Das lezte Mittel that seine Wirkung, und iezt sind wir wieder die besten Freunde.

Heinr. Wie aber, wenn sie ihre Vermählung mit der Bertrand erfahren wird? Fürchte sie sich nicht?

Blondh. Warum sollt ich mich fürchten?

Heinr. Der Falkenau ist nicht zu trauen. Sie hat eine männliche Erziehung, geht auf die Jagd, erlegt ihren Hasen, troz dem besten Jäger, und wäre wohl im Stande, sie auf Pistolen zu fordern.

Blondh. Ich will sie schon besänftigen. — Aber, guter Heinrich! aus der Heurath mit der Bertrand wird nichts. Ich bin verliebt!

Heinr. Verliebt! Und in wen?

Blondh. In das kleine niedliche Geschöpf, von dem ich dir heute gesagt habe.

Heinr. In die Brünette?

Blondh. Ja!

Heinr. Was wollen sie also bei der Bertrand?

Blondh. Ihr, wie der Falkenau, noch einige Zeit Kur machen, um beide zu meinem Zweck zu leiten. Diese beiden Närrinnen sollen ihr möglichstes zu meiner Verbindung mit der niedlichen Brünette beitragen.

Heinr.

Heinr. O! Sie werden sich eine Ehre daraus machen, sobald sie ihnen sagen, daß sie sich mit der Brünette vermählen wollen.

Blondh. Sie sollen das Ihrige dazu beitragen, ohne es zu wissen.

Heinr. Aber sagen sie mir nur, wie?

Blondh. So viel ich gemerkt habe, hat meine Kleine einmal ein ansehnliches Vermögen zu hoffen — aber sie ist nicht von Familie. Dieser Umstand hat mich auf den Gedanken gebracht, sie zu entführen. Ich bringe sie in Sicherheit, und heurathe sie nicht eher, bis man mir ein anständiges Heurathsgut zugesichert hat. Ihre Familie muß alle Konditionen eingehen, unter welchen es mir belieben wird, mich bis zu ihr herabzulassen.

Heinr. Das ist gewis! Aber was haben ihre alten Liebschaften, die Falkenau und die Bertrand dabei zu thun?

Blondh. Und das siehst du nicht?

Heinr. Nein!

Blondh. Ich bin, wie du weißt, nicht bei Gelde —

Heinr. Wie immer.

Blondh. Zu einer Entführung braucht man doch so viel — und damit sollen mich die beiden Närrinnen unterstützen.

Heinr.

Heinr. Der Gedanke ist schön; aber die Ausführung verteufelt schwer!

Blondheim. Nicht so schwer, als du glaubst.

Heinr. Ich höre ein Geräusch im Vorzimmer.

Blondh. Vermuthlich ist es die Bertrand.

Heinr. Gott stärke sie in der Stunde der Trübsal und Angst!

Blondh. Spare deinen frommen Wunsch für die Zukunft, iezt will ich Komödie spielen. (fängt aus vollem Halse an zu lachen) Ha, ha, ha, ha, ha, ha, ha, ha!

Heinr. Warten sie, gnädiger Herr, da kann ich sie akkompagniren. Wir wollen das schönste Duette von der Welt lachen. (lachen beide aus vollem Halse.)

Zweiter Auftritt.

Die Vorigen. Wilhelmine. Lotte.

Wilhelmine. (mit besonderm Tone) Ei, ei! Sie sind ziemlich aufgeräumt, Herr von Blondheim! Darf man wissen, was ihnen so lächerlich vorkömmt? Und vor allen Dingen darf man sich unterstehen zu fragen, wer ihnen ein Recht giebt, in verschlossene Zimmer zu gehen?

Blond=

Blondheim. Das Recht, Madame?
Das Recht? — Das hab ich von ihnen. —
Meines ausgelassenen Gelächters wegen bitt
ich um Verzeihung. Wüßten sie (lacht wie=
der so stark, als vorhero) Todtlachen könnt ich
mich, wenn ich daran denke! Sie erinnern
sich doch noch der Verse, die ich ihnen ge=
geben habe?

Wilhelm. (empfindlich) O! ja, recht gut!
Und sie sollen sie in länger Zeit nicht ver=
gessen, das schwör ich ihnen!

Blondh. Schwören sie nicht, Madame!
Ich glaube ihnen — auch kann ich sie gar
nicht vergessen, sie haben mir zu viel Anlaß
zum Lachen gegeben.

Wilhelm. Das wüßt ich eben nicht!
Was finden sie denn so lächerlich darinne?

Blondh. Dieses: daß sich sie vier oder
fünf unsrer bekanntesten Stutzer zugeeignet
haben. Doch dies ist noch nicht das Wahre.
Sie haben sie sogar ihren Schönen gegeben.
Ich hatte sie einigen Personen gezeigt. Ich
fühle es, Madame! daß ich hier gefehlt
habe, und bitte um Verzeihung. Der Bei=
fall, mit dem sie sie beehrt haben, ent=
schuldigt einigermassen meine Eitelkeit. Kaum
hatt ich sie gezeigt, so konnte man sie auch
auswendig, und in zwei Stunden waren sie
in der ganzen Stadt bekannt.

Lot=

Lotte. (für sich) Das ist ein Erzlügner!

Wilhelm. (zu Blondh.) Und freuen sie sich nicht, ihre Verse von allen bewundern zu hören?

Blondh. Sind sie nicht selbst entzückt darüber?

Wilhelm. (spöttisch) O! bis in den dritten Himmel!

Blondh. Da sie auf sie gemacht sind, so machen sie ihnen im Grunde noch weit mehr Ehre, als mir selbst.

Wilhelm. Das versteht sich! Wer nur erst wüßte, auf welche Schöne sie eigentlich gemacht wären! Sie sind nach ihrem eigenen Geständnisse, in so vieler Händen, daß — —

Blondh. Madame, ich bitte, hören sie mich erst, und dann urtheilen sie! — Die Falkenau hat zur Bekantmachung dieser Verse nicht wenig beigetragen. Der Donner und das Wetter, Madame! mit diesem Weibe ist's nicht länger auszuhalten — Gott verdamme mich, nicht auszuhalten! Hole der Teufel ihre Erbschaft, wenn ich sie so theuer bezahlen soll!

Lotte. (heimlich zu Wilhelminen) Erbt Blondheim von der Falkenau einen Heller, so erb ich alle Schätze des Großmoguls!

Wilhelm. (heimlich zu Lotten) Laſſen wir
ihn reden, wir wollen doch hören, wo das
alles hinaus will.

Blondh. Sie glauben nicht, was das
alte Weib für Erſcheinungen hat! Was für
Thorheiten ſie in der Welt begehen, wenn
ihr nur in etwas ihren Abſichten entſpräche!
— Ich war bei ihr. Sie hat mir eine
kleine Summe geborgt. Wenn es ihnen
gefällig iſt, Madame! ſo will ich ihr ſie
zurückzahlen, um mir ſie vom Halſe zu
ſchaffen.

Wilhelm. Ob ſie zahlen, oder ſchuldig
bleiben, iſt mir gleichgültig.

Blondh. Wir redten von Verſen. Ich
ſagte ihr die Verſe her, die ich auf ſie gemacht habe. Ich mußte ſie ihr zwei bis
dreimal wiederholen, und ſtand wie verſtei-
nert, als ſie mir ſie ohne Anſtos herſagte.
Sie trippelte fort — wahrſcheinlicher Weiſe,
um ſie ihren guten Freundinnen vorzufrech-
zen. Wenn ſie nur nicht etwan gar ſagt,
ich hätte ſie auf ſie gemacht!

Wilhelm. (heimlich zu Lotten) Gott!
Lotte, wenn er diesmal Recht hätte!

Lotte. (heimlich zu Wilhelminen) Denken
ſie nur an ihre Nichte.

Blondh. Aber nun kommt der luſtigſte
Auftritt. — Ich gieng auf ein Kaffeehaus,
wo

wo ich fünf bis sechs gute Freunde fand, die
mir mit dem grösten Gelächter von der Welt
erzählten, daß meine Verse in der ganzen
Stadt zirkulirten, und — ha, ha, ha, ha!
— das sich drei Weiber beinahe darum ge=
schlagen hätten. Ist das nicht äusserst lä=
cherlich? (lacht.)

Wilhelm. (heimlich zu Lotten) Ich möchte
vor Bosheit zerspringen.

Blondh. Und sie lachen nicht? — Ha!
sie sind ungehalten darüber, daß ich die Ver=
se, die ich auf sie gemacht hatte, andern
gegeben habe. Sie haben Ursache zu zür=
nen. Ich habe gefehlt, und bitte sie (läßt
sich vor ihr auf die Knie nieder) auf meinen
Knien um Verzeihung. (Wilhelmine wendet
sich von ihm weg) Verzeihen sie mir, Ma=
dame!

Wilhelm. Daß sie mich dem Gelächter
und den Spöttereien der Welt aussetzten,
kann ich ihnen nie vergeben.

Blondh. Ich hätte sie dem Gelächter
und den Spöttereien der Welt ausgesetzt? —
Ich? — Madame. —

Wilhelm. Sie! denn ich war eine von den
drei Weibern, die sich um ihre verfluchten
Verse gezankt haben.

Blondh. Sie?

Wilhelm. Ja, ich! Der ganze Auf=
tritt, den sie so lächerlich machen, ist hier
vorgefallen.

Blondh. Ha! ich Unglücklicher! Diese
Beleidigung ist unverzeihlich! Sie müssen
mich verabscheuen, Madame! — Mir bleibt
nichts übrig, als zu sterben. Ich will vor
ihren Augen ein Leben enden, das mir nur
unerträglich ist. Leben sie wohl, Madame!
Mein Tod soll sie rächen — mein Blut die
Beleidigung abwaschen — (zieht den Degen.)

Wilhelm. (reißt ihm den Degen aus der
Hand) Unsinniger, was wollen sie thun?
(wischt sich eine Thräne aus den Augen.)

Blondh. Was sehe ich? Eine Thräne?
— Hab ich noch Verzeihung zu hoffen?

Wilhelm. (die ihn aufhebt) Ja, Blond=
heim, Wilhelmine verzeiht ihnen, aber
unter der Bedingung, daß sie mit der Fal=
kenau brechen.

Blondh. Eh ich mit ihr brechen kann,
muß ich ihr fünf hundert Dukaten zahlen,
die ich ihr schuldig bin. Zum Unglück bin
ich itzt nicht bei Gelde.

Wilhelm. Kommen sie in mein Kabinet,
ich will sie ihnen auszahlen.

Drit=

Dritter Auftritt.

Die Vorigen. Adolph.

Adolph. Jezt kommt Herr Bertrand.

Wilhelm. (fährt erschrocken vom Stuhl auf) Immer zur Unzeit! — Lieber Herr von Blondheim! sie werden sich schon wieder einmal durch die hintere Treppe davonschleichen müssen. Heinrich kann unterdessen hier bleiben, damit er sie holen kann, wenn Bertrand weg ist.

Blondh. (zu Heinrichen) Du bleibst hier!

Heinr. (heimlich zu Blondheim) Wird mir die Bertrand die fünf hundert Dukaten auszahlen?

Blondh. Schweig, Dummkopf! (zur Bertrand) Bis auf Wiedersehen (geht mit einer Verbeugung ab.)

Wilhelm. Adje! lieber Karl! (zu Heinrichen) Heinrich kann im Vorzimmer warten.

Heinr. Sehr wohl, Madame! (ab.)

Vierter Auftritt.

Wilhelmine. Lotte. Bertrand.

Bertrand. (zu Wilhelminen) Sie sind bei mir gewesen?

Wil=

Wilhelm. Ja! Ich habe aber nicht gesagt, daß sie zu mir kommen sollten.

Bertrand. Das hat nichts zu sagen.
Ausserdem, daß ich gerne wissen möchte,
was für Ursachen sie zu mir geführt haben,
hab ich meiner Seits mancherlei auf dem
Herzen, dessen ich mich gerne entledigen
möchte.

Wilhelm. Nur keine Predigt!

Bertrand. Ich wills ihnen mit einem
Worte sagen. Ich weis von guter Hand,
daß sie sich in einen jungen Laffen verliebt
haben — daß sie ihn beurathen wollen —
daß meine Tochter in einen Haasenfuß ver-
narrt ist, der ihren Galan auf der Waage
des ächten Verdienstes um kein Quentchen
aufzieht — daß — —

Wilhelm. Ei! Sie wissen ja recht viel!

Bertrand. Der Advokat Baudius weis
es auch. Daß wir die Hände nicht in Schoos
legen, und ihnen ruhig zusehen werden,
wie sie uns bei der Nase herumführen, können sie sich denken. Wir wollen ihnen die
Köpfe schon zurecht sezzen! verlassen sie sich
darauf!

Wilhelm. (spöttisch) Das thun sie ja,
lieber Bertrand; aber machen sie mit dem
ihrigen den Anfang! — Er bedarf schleu-
niger Hilfe.

Ber-

Bertrand. Treff ich einen von den bei=
den saubern Herren an, es mag nun hier,
oder bei mir seyn, so muß er durchs Fen=
ster einen Salto mortale auf die Gasse
machen.

Wilhelm. In ihrem Hause können sie
machen, was sie wollen; aber hier haben
sie nichts zu befehlen. — Lotte! mache die
Thür auf. (Lotte öffnet die Thür) Itzt gehen
sie, oder ich will ihnen zeigen, wer hier zu
befehlen hat. — Hurtig gehen sie, sonst
laß ich sie die Treppe hinabwerfen! — Seht
doch! Will mir vorschreiben, von wem ich
Besuche annehmen soll! — Mein Haus soll
aller Welt offen stehen, aber ihnen will ich
künftig die Thür vor der Nase zuschlagen
lassen, daß sies wissen!

Bertrand. Das will ich sehen! — Heute
wär ich nicht wieder gekommen; weil sie
mich aber so dringend einladen, so kann ichs
ihnen nicht abschlagen. Wir sehen uns heute
noch einmal. Adje!

Wilhelm. Kommen sie nur, es bleibt
dabei, wie ich gesagt habe! (Bertrand ab.)

Fünfter Auftritt.

Wilhelmine, und Lotte.

Wilhelm. Wenn ich nur den Kerl nicht
mehr vor Augen sehen sollte!

Lot=

Lotte. Er wird alle Tage unausstehlicher.

Wilhelm. Nicht wahr?

Lotte. Was geht ihm ihre Verbindung an? — Hat der Herr von Blondheim nicht viel Vermögen, so haben sie desto mehr. Ist er noch nicht so gesetzt, wie er seyn sollte, so ist er noch jung — warum sollten sie ihn nicht heurathen? Meiner Treu, ich sehe nicht ein, warum Herr Bertrand sich dieser Verbindung so sehr widersetzt!

Wilhelm. Das beste ist nur, daß ich bei allen seinen Reden thun kann, was ich will.

Lotte. Wenn sie sich auch an seine Reden kehren wollten — da hätten sie viel zu thun!

Wilhelm. Wahrlich, ich muß mich meiner Verwandten schämen. Kennte der Herr von Blondheim meine Familie, ich glaube, er träte wieder zurück. — (ruft) Heinrich!

Sechster Auftritt.

Wilhelmine. Lotte. Heinrich.

Heinr. Was befehlen die gnädige Frau?

Wilhelmine. (lacht) Ich glaube, du schwärmst! Mit wem sprichst du denn?

Heinr. Mit ihnen!

Wil-

Wilhelm. Und nennst mich gnädige
Frau?

Heinr. Warum nicht? Ein paar Stun=
den eher, oder später, das macht nichts zur
Sache.

Wilhelm. Du hast Recht, Heinrich! —
Hier, (giebt ihm Geld) trink einmal meine
Gesundheit.

Heinr. (indem er das Geld nimmt) Unter=
thänigen Dank!

Wilhelm. Izt geh' und sage deinem
Herrn, daß ich mir den Lästigen, der uns
stöhrte, vom Hals geschaft habe, und hofte,
ihn bald hier zu sehen.

Heinr. Weiter befehlen sie nichts?

Wilhelm. Weiter nichts!

Heinr. Wollten sie mir nicht die fünf
hundert Stück Dukaten mitgeben, die sie
meinem Herrn versprochen haben?

Wilhelm. 'S ist wahr! Warte — Lotte!
komm in mein Kabinet. (Wilhelmine mit Lot=
ten ab.)

Siebenter Auftritt.

Heinrich. (geht ein paarmal im Zimmer
auf und ab.)

Heinrich! Heinrich! Jezt kommst du
ins Gedränge. — Daß dein Herr ein paar
aite

alte Närrinnen, die Geld haben, und keinen Gebrauch davon zu machen wissen, um tausend Dukaten prellt, hat nichts zu sagen. Wenn er aber, wie ers Willens ist, die Brünette entführt — Frau Gerechtigkeit sich ins Spiel mischt — uns erwischt — und das Sprichwort wahr macht: Kleine Diebe henkt man, große läßt man laufen — —. Heinrich! Heinrich! da steht es nicht gut! Denn Herr zieht den Kopf aus der Schlinge, und du bleibst hängen. Was ist hier zu thun? (Pause, während welcher er in Nachdenken versunken ist.) Der Antheil, den ich von den tausend Dukaten bekomme, soll mich bestimmen. Wer um ein Bagatell sich henken läßt, ist ein Schurk, der den Strang nicht einmal verdient.

Achter Auftritt.

Wilhelmine. Lotte. Heinrich.

Lotte. (im Hineintreten) Ich hab ihn wahrhaftig nicht gesehen!

Wilhelm. (geht im Vorzimmer herum, und sucht) Verlohren werd ich ihn doch nicht haben! — Ich finde ihn nicht! (zu Heinrich) Heinrich! ich kann den Schlüssel zur Schatulle nicht finden — kommt er nicht bald zum Vorschein, so laß ich den Schlosser holen.

Sa=

Sage nur deinem Herrn, er möchte gleich
herkommen!

Heinr. Sehr wohl! (ab.)

Wilhelm. Laß uns nur noch einmal
recht suchen — vielleicht finden wir ihn noch.

Lotte. Wir müssen ihn finden, wenn sie
ihn nicht verlohren haben. (beide ab.)

Fünfter Aufzug.

(Vorzimmer.) (Nacht.)

Erster Auftritt.

Lotte, und Bertrand.

Bertrand. Sie werden nicht wenig er-
schrecken, wenn ich so ganz ungebeten zum
Verlobnis komme.

Lotte. Meiner Treu!

Bertrand. Sie wollten den Handel ganz
in der Stille beilegen, und nun komm ich
da her, und mach ihnen einen Strich durch
die Rechnung! Sie werden gar nicht wissen,
wo das alles herkömmt!

Lotte. Sie sind nicht das einzige Hin-
derniß, das ich ihren Absichten in den Weg
gelegt habe.

Bertrand. Was haſt du denn noch ge=
than?

Lotte. Ich habe die Falkenau herbeſtellt.
Die wird ihnen erſt zu ſchaffen machen!

Bertr. Wer iſt dieſe Falkenau?

Lotte. Eine geadelte Närrin, die mit
ihrem Gelde feile Richter mäſtet.

Bertr. Was ſoll dieſe hier?

Lotte. Die? — ha, ha, ha! — Ich
muß lachen, wenn ich nur daran denke. —
Sie zählt bald ſiebenzig, und iſt ſo verliebt
— ſo verliebt! — Nun ich kann ihnen gar
nicht ſagen, wie? — Vorhin hätten ſie ſol-
len hier ſeyn! Ich dacht, ich würde zer=
ſpringen vor lauter Lachen.

Bertr. Aber in wen iſt ſie dann verliebt?

Lotte. Würde ich ſie herbeſtellt haben,
wenn ſie in den Herrn von Blondheim nicht
verliebt wäre?

Bertr. Der Herr von Blondheim muß
ein gefährliches Geſicht haben.

Lotte. Gefährlich? — Wie ſoll ich das
verſtehen?

Bertr. Iſt es kein gefährliches Geſicht,
wenn Weiber es nicht ungeſtraft anſehen
können?

Lotte.

Lotte. Diese Gefahr ist nicht sonderlich groß. Wer nicht auf die Larve geht — ächtes Verdienst von Prahlerei zu unterscheiden weis, wird sich nicht leicht in einen Blondheim verlieben.

Bertr. Denken viele Frauenzimmer so?

Lotte. Ich habe sie nicht gezählt.

Bertr. Wird auch die Falkenau unsre Absichten befördern?

Lotte. Uiber alle Erwartung! — Machen sie sich nur im voraus gefaßt — lachen werden sie genug müssen!

Bertr. Izt bin ich eben nicht sonderlich dazu aufgelegt. — Meine Frau Schwester, und Mamsell Tochter machen mir so viel zu schaffen, daß kein einziger lächerlicher Gedanke in meinem Kopfe aufkeimen kann. — Was glaubst du wohl? Wie ich vorhin nach Haus komme, find ich meine Tochter mit einem jungen Laffen im vertraulichsten Gespräche begriffen. Ich fragt ihn, was er wollte? Vor lauter Entsetzen konnt er kein Wort hervorbringen. Da ich seine Absichten errieth — gab ich meiner Tochter in seiner Gegenwart den verdienten Lohn für die pünktliche Befolgung der väterlichen Lehren, und dem jungen Herrn wies ich die Thür. Ich glaube, er hat den Wink verstanden, den ich ihm im Weggehen gegeben habe.

Lotte. Das alles haben sie ihrer Frau Schwägerin zu verdanken.

Bertr. Wie so? Hat sie etwan meine Tochter mit dem iungen Taugenichts bekannt gemacht?

Lotte. Nein! Die Bekanntschaft war schon; doch, glaub'ich, würd es ohne ihr Zuthun nicht so weit gekommen seyn, als es wirklich gekommen ist.

Bertr. Lotte! Wasser und Brod hat schon manches Mädchen kurirt, das am Liebesfieber krank war. Ich hoffe, diese beiden Mittel sollen auch bei meiner Tochter wirken.

Lotte. Ich höre einen Wagen ins Haus kommen. Hurtig verbergen sie sich an dem angewiesenen Orte! Wenn es Zeit seyn wird, hervorzukommen, werd ich ihnen schon einen Wink geben. (Bertrand ab.)

Zweiter Auftritt.

Lotte. (setzt sich an ihre Arbeit, besieht sie einen Augenblick, und legt sie weg.)

Die Minen sind gut angelegt. Springt Blondheim durch sie nicht, so will ich ewig — ein grosser Schwur, so groß, als ihn nur ein Mädchen thun kann — ewig will ich Jungfer bleiben! (nimmt ein Licht, und geht damit Wilhelminen bis zur Thür entgegen.)

Drit-

Dritter Auftritt.

Wilhelmine. Die Vorige.

Wilhelm. Der Herr von Blondheim noch nicht hier?

Lotte. Nein!

Wilhelm. Hat er auch nicht hergeschickt?

Lotte. Nein!

Wilhelm. Wo er doch so lange bleiben mag?

Lotte. Sie sind sehr ungeduldig. Warum haben sie ihn nicht eher bestellt? Befolgt er ihren Befehl pünktlich, so kommt er erst in einer halben Stunde.

Wilhelm. Gott! Ich vergienge, wenn er nicht eher käme! — Der verfluchte Bertrand! Hätt er Blondheim nicht verjagt, so wär er doch hier, und ich hätte keine Untreue zu befürchten.

Lotte. Grosser Gott! warum heurathen sie ihn denn, wenn sie ihn so genau kennen — seinen Hang nach Abwechslung so sehr fürchten?

Wilhelm. Bin ich einmal mit ihm verbunden, dann fürcht ich ihn nicht mehr. Nur so lang eine andre ihn noch erobern kann, so lange leb' ich in beständiger Furcht. Alle Augenblicke glaub ich, ihn zu verlieren.

Kann

Kann es bei seiner Liebenswürdigkeit auch anders seyn?

Lotte. In dieser Rücksicht haben sie freilich Recht!

Wilhelm. Hast du nichts von meiner Nichte gehört?

Lotte. Nein!

Wilhelm. Ich wünschte, daß meine und ihre Kopulazion zu gleicher Zeit vor sich gehen könnte. — Du glaubst nicht, wie sehr mich ihre Verbindung freut! — Wie wird der Alte rasen, wenn seine Tochter sich einen Mann wählt, ohne ihn um Rath zu fragen!

Lotte. Nun, nun! Zu todt ärgert er sich gewiß!

Wilhelm. Das gebe Gott! So würd ich denn doch einmal von dem einzigen Menschen, der mir verhaßt ist, befreit.

Vierter Auftritt.

Die Vorigen. Frau von Falkenau.

Falkenau. Guten Abend, Madame!

Wilhelm. (kurz ab) Ihre Dienerin!

Lotte. (für sich) Die kommt bei Zeiten!

Falken Und sie sind so allein?

Wilhelm. (wie oben) Wie sie sehen!

Fal-

Falken. Wo iſt denn der Herr von Blondheim?

Wilhelm. (empfindlich) Der Herr von Blondheim? — Das iſt eine lächerliche Frage, als wenn ich wiſſen müßte, wo der Herr von Blondheim ſich aufhält! — Was glauben ſie denn? Kurz bei mir iſt er nicht, wollen ſie ihn ſprechen, ſo — —

Falken. Nein, mein Schatz, itzt hab ich nur mit ihnen, mit ihm aber nichts zu reden.

Wilkelm. Nur nicht von Prozeſſen. Itzt bin ich ganz und gar nicht dazu aufgelegt.

Falken. Fürchten ſie ſich nicht! Ich habe ganz andere Dinge im Kopf. — (zu Lotten) Liebes Kind! Laß ſie uns ein wenig allein — ich habe mit ihrer Frau etwas zu ſprechen.

Wilhelm. Was ſoll das heiſſen? — Lotte! du bleibſt hier!

Falken. Elende! Du fürchteſt dich? (öffnet die Thür und ruft) Ludwig! (ihr Bedienter, der weiter nicht zum Vorſchein kömmt, reicht ihr zwei Degen. Sie nimmt ſie, und gebt zurück.)

Wilhelm. (indem ſie die Degen erblickt) Um Gotteswillen! Was wollen ſie? Wollen ſie mich ermorden?

Lotte. (für sich) Das geht zu weit! Hätt ich das vorausgesehen, die alte Zigeunerin wäre nicht hier!

Falken. (zu Lotten) Entferne dich, oder — (macht mit einem Degen eine Bewegung, als wollte sie sie fuchteln) Und sie, Madame! haben unter diesen beiden Degen die Wahl. Welchen wollen sie?

Wilhelm. Ich sollte einen Degen nehmen? Und wozu?

Falken. Um mich zu erstechen, wenn sie können.

Wilhelm. Ich mag niemanden ermorden!

Falken. Aber ich will dich morden! (geht auf sie los.)

Wilhelm. (die furchtsam zurücktritt) Ach! Du lieber Gott! Was hab ich ihnen denn gethan, daß sie mich ermorden wollen?

Falken. Was du mir gethan hast? (geht wieder auf sie los.)

Wilhelm. Lotte! Um Gotteswillen hilf mir — rette mich!

Lotte. (nähert sich ihrer Frau, blickt aber immer von der Seite auf die bloßen Degen) Gnädige Frau — —

Falken. Wozu das viele Gewäsche? Zur Sache! (reicht ihr einen Degen) Hier! Dieser soll entscheiden, welche von uns beiden ein Recht auf Blondheim hat.

Lotte.

Lotte. (für sich) Das ist ein Teufel von einem Weibe!

Wilhelm. Um Blondheim wollten sie sich schlagen?

Falkenau. Ja! ja! Fragen sie nur nicht lange! — Eine von uns beiden muß sterben. Hier! (reicht ihr abermals den Degen) ,

Wilhelm. Lotte! hilf mir, ich sinke in Ohnmacht!

Falken. Nur zwei Gänge, und du sollst in eine Ohnmacht sinken, aus der du lange nicht erwachen wirst! (dringt auf sie ein) Nun? Elende! Vertheidige dich, oder ich stoße dich über den Haufen! (stellt sich, als wollte sie sie erstechen.)

Wilhelm. (schreit aus vollem Halse) Hülfe! — Feuer! — Mörder!

Falken. Feige, niedrige Seele!

Lotte. (zur Falkenau) Um Gotteswillen, gnädige Frau! Gnade! Gnade!

Wilhelm. (wie oben) Adolph! — Karl! — Philipp! — Johann! — Helft mir!

Falken. Schreien hilft nicht. Hier ist keine Gnade — es geht auf Tod und Leben!

Fünf-

Fünfter Auftritt.

Adolph. Johann. Die Vorigen.

Adolph. Um Gottes willen! Was giebts denn? — Madame, was fehlt ihnen?

Wilhelm. Helft mir! Die Frau von Falkenau will mich ermorden.

Adolph. Frau von Falkenau — — (geht mit Johann auf die Falkenau los.)

Falken. Keinen Schritt weiter! Wer mir zu nahe kömmt, dem stoß ich beide Degen in den Leib! (zu Wilhelminen) Elende! Ich gehe. Du bist unwerth der Ehre, die ich dir erweisen wollte. — Will Dame werden, und fällt in Ohnmacht, wenn sie eine Degenspitze sieht — Fi! — Und so ein Weib wollte Blondheim heurathen? — Ermorden will ich ihn auf der Stelle, wenn er nur daran gedacht hat! Sein Blut, von meiner Hand vergossen, soll diesen Schandfleck wegwaschen! (ab.)

Sechster Auftritt.

Wilhelmine. Lotte. Adolph. Johann.

Lotte. Das ist ein wahre Furie! Wenn sie nur den Herrn von Blondheim nicht in die andere Welt schickt!

Wil-

Wilhelm. Gut, daß ſie fort iſt! Blondheim wird ſie ſchon abfertigen. (zu den beiden Bedienten) Den Dienſt, den ihr mir izt
erwieſen, werd ich nicht vergeſſen. Nehmt
unterdeſſen meinen Dank; meine Erkennt-
lichkeit ſoll folgen. (Bediente ab.)

Lotte. Die Frau von Falkenau kann
ihnen noch manchen Streich ſpielen.

Wilhelm. Ich lache ihrer Wuth; Blondheim wird mich ſchon zu ſchüzen wiſſen.
Die Närrin war ſchrecklich aufgebracht. Ein
Glück, daß mich die ehrlichen Kerls noch
gehört haben! Ich glaube, ſie hätte mich
noch erſtochen.

Lotte. Ich glaub es ſelbſt. — Gott!
wie mich das Weib erſchreckt hat!

Wilhelm. Ich war mehr todt, als
lebendig, und kann mich noch nicht er-
holen.

Lotte. Das iſt kein Wunder. — Sehen
ſie nur, wie ich zittere!

Wilhelm. Mir geht es nicht beſſer.

Siebenter Auftritt.

Wilhelmine. Lotte. Julie.

Julie. Helfen ſie mir nicht, liebe Tante,
ſo bin ich verlohren!

Wil-

Wilhelm. Was ist dir denn geschehen?

Julie. Ich bin das unglücklichste Geschöpf von der Welt. — Als ich von ihnen wegging, bestellt ich meinen Geliebten. Auf ihr Anrathen sagt ich ihm, daß ich bereit wäre, mit ihm zu entfliehen. Er war äusserst entzückt darüber, dankte mir auf den Knien für diesen Beweis meiner Liebe, und schwor mir aufs neue ewige unwandelbare Gegenliebe.

Wilhelm. Da seh ich wahrlich noch kein Unglück!

Julie. Hören sie nur! — Wir beredten uns wegen unsrer Flucht. Es ward beschlossen, daß er Abends um acht Uhr mit einem Wagen hier in der Quergasse mich erwarten sollte. Da ich doch das väterliche Haus nicht ganz leer verlassen konnte, und wenigstens noch ein Kleid und einige Wäsche mitnehmen mußte, so bestellt ich meinen Geliebten zu mir ins Haus. Ich öffnete ihm die Gartenthür und führte ihn unbemerkt auf mein Zimmer. Hier vergaßen wir den eigentlichen Zweck, unterhielten uns von unserm nahen Glücke, und träumten eine frohe Zukunft, als auf einmal die Thür aufgieng, und mein Vater hereintrat.

Wilhelm. Welch eine Unvorsichtigkeit! Warum habt ihr sie denn nicht verschlossen?

Julie.

Julie. Ich hielt diese Vorsicht für über‐
flüßig. Meine Mutter kommt schon seit
einigen Tagen nicht aus ihrem Zimmer,
mein Vater war nicht zu Haus — und ich
glaubte mich sicher.

Wilhelm. Und der Erfolg?

Julie. Diese plötzliche Erscheinung sezte
uns in eine Betäubung, die ich ihnen nicht
beschreiben kann. Die donnernde Stimme
meines Vaters brachte mich bald wieder zu
mir. Ersparen sie mir die Wiederholung
alles dessen, was er, von Zorn gereizt, mir
in diesem Augenblicke sagte. Er überhäufte
mich mit den bittersten Vorwürfen, und es
fehlte nicht viel, so hätt' er mich gar ge‐
mishandelt.

Wilhelm. Was wurde denn aus dem
Herrn von Blumenfels?

Julie. Dieser wollte, nachdem er sich
wieder erholt hatte, sachte davonschlei‐
chen, aber mein Vater erwischte ihn noch;
faßt ihn am Arm, und sagte zu ihm: Er
Laffe! unterstehe er sich noch einmal,
einen Fuß in dieses Haus zu sezzen, so
werf ich ihn die Treppe hinunter, daß
er Hals und Beine bricht! Izt mar‐
schire — und damit schleuderte er ihn zur
Thür hinaus. — Ich schäme mich dieser
schlechten Behandlung, wenn ich nur daran
denke! Was für Begriffe kann sich Blumen‐
fels von meinem Vater machen?

Wilhelm. Aufrichtig — nicht die besten!

Julie. Gott! Was gäb ich nicht darum, wäre dieser Streich nicht geschehen! — Als Blumenfels weg war, kündigte mir mein Vater Arrest an. Aber ich wußte zu entkommen, und bin nun hier, um sie um ihren Schuz anzuflehen.

Wilhelm. Ich habe mich der Sache einmal angenommen, und will sie ausführen. — Du sollst ihn haben! Sobald es Zeit ist, bringst du den Herrn von Blumenfels her. Ich muß ihn kennen lernen. Nach gemachter Bekanntschaft laß ich euch auf eines meiner entferntesten Landgüter bringen. Ein gutherziger Geistlicher macht dich zur Frau von Blumenfels, und ihr seid glücklich! —

Julie. Beste Tante! Wie soll ich ihnen für so viele Güte danken?

Wilhelm. (umarmt Julien) Keinen Dank, liebes Mädchen! — Aber (indem sie auf die Uhr sieht) ich dächt, es wäre schon bald Zeit. Sagtest du nicht, daß Blumenfels um acht Uhr dich erwarten würde?

Julie. Ja, liebe Tante!

Wilhelm. So wollen wir ihn doch holen lassen! — Lotte! Schicke einen Bedienten hin, und laß ihm sagen, er möchte die Güte haben, einen Augenblick herzukommen.

Julie.

Julie. (zu Lotten) Aber der Bediente muß ihm sagen, daß ich hier bin, sonst kömmt er nicht.

Lotte. Sehr wohl! (für sich im Abgehen) Ich werde zum Herrn Advokat Baudius schicken, der Spaß ist grösser, wenn dieser dabei ist. Was liegt an Blumenfelsen; ob er kömmt, oder nicht kömmt, das ist einerlei! (ab.)

Wilhelm. Ich gestehe Dirs, ich bin sehr begierig, zu sehen, was doch der Herr von Blumenfels für ein Geschöpf ist.

Julie. O! das liebenswürdigste von der Welt! Wer ihn sieht, wird, wenn er im Begrif war, den Schritt zu tadeln, den ich izt seinetwegen thue, mich entschuldigen. Seine persönlichen Vorzüge übertreffen seinen Stand bei weitem. Nun bald werden sie selbst ihn beurtheilen können, und gestehen müssen, daß er meine Liebe hinlänglich rechtfertigt.

Achter Auftritt.

Blondheim. Heinrich. Die Vorigen.

Julie. (indem sie Blondheim hereintreten sieht) Hier ist mein Blumenfels! (eilt ihm mit offenen Armen entgegen) Mein Karl! Wie sehr freu ich mich, dich wieder zu sehen!

Blondh.

Blondh. (tritt, indem ihn Julie in die Arme schliessen will, erschroden zurück) Gott!

Julie. Warum so kalt? Bin ich nicht mehr deine Julie? Bist du ungerecht? Willst du die Beleidigungen des Vaters der Tochter entgelten lassen? — Komm, und vergiß in Juliens Armen des Vergangenen. Meine gute Tante wird für eine bessere Zukunft sorgen. (indem sie nach Wilhelminen hinblickt) Nicht wahr, liebe Tante? — Aber was fehlt ihnen denn? Ist ihnen nicht wohl?

Wilhelm. (hat die ganze Zeit hindurch das gröste Erstaunen ausgedrückt. Itzt verschwindet es allmälig, und Wuth und Zorn treten an dessen Stelle. Ihr Busen ist in schneller Bewegung. Sie versucht einigemal zu reden, aber sie kann keine Worte finden, ihre Gefühle auszudrücken. Endlich legt sich der gewaltige Sturm.) So ist es denn doch wahr, was ich bisher nicht glauben wollte? Gröster aller Betrüger! Du —

Julie. (zu Wilhelminen) Ha! Ich bin verrathen. Ich sehe, sie verstehen sich mit meinem Vater. — Nein! Eine solche Falschheit hätt ich ihnen nicht zugetraut! Sie machen mich treuherzig — öfnen mir den Mund — stellen sich, als nähmen sie an meiner Sache Theil — geben mir sogar noch Einschläge — sagen, sie wollen uns glücklich machen — und thun nun von alle dem das Gegentheil.

Wil=

Wilhelm. Bösewicht sonder gleichen!

Julie. (Blondheim bei der Hand ergreifend) Komm, Karl! Du siehst, wir sind verrathen. (will ihn bei der Hand mit sich fortziehen.)

Blondh. Lassen sie mich, Mademoiselle!

Julie. (läßt die Hand fallen) Gott! bewahre meinen Verstand, hier lauf ich Gefahr, ihn in wenig Minuten zu verlieren. (sinkt auf einen Stuhl) Dort (auf Wilhelminen deutend) verrathen — hier (mit einem Blick auf Blondheim) verworfen — (mit Empfindung) Gott! Gott!

Wilhelm. Niederträchtiger! Mußtest du Tante und Nichte zu gleicher Zeit berücken?

Julie. (auffahrend) Was? — Was?

Wilhelm. Ja, Nichte, das ist der feine Herr, dem ich meine Hand geben wollte.

Julie. Ha, Treuloser! Warum wollten sie mich so schrecklich hintergehen?

Wilhelm. (zu Blondheim) Mußten sie mir immer noch die Ehe versprechen, nachdem sie schon alle Anstalten trafen, meine Nichte zu entführen, und zu heurathen?

Julie. (zu Blondheim, der ganz verstummt ist) So reden sie doch!

Wilhelm. Antworten sie mir, warum wollten sie gerade uns beide betrügen?

Blondh.

Blondh. (der sich auf einmal wieder erholt)
Was soll ich ihnen sagen? Werden sie mir
glauben, wenn ich das leugne, was sie mit
Augen sehen? — Aber im Grunde bin ich
nicht so straffällig, als sie glauben. Ist es
meine Schuld, daß wir uns hier beisammen
befinden?

Wilhelm. Elender! Du willst noch
scherzen?

Blondh. Der Teufel soll mich holen,
wenn es nicht mein völliger Ernst ist. —
Konnt ich wissen, daß sie so nahe mit einander verwandt sind?

Heinr. (für sich) Den Teufel! Hätten
wir das gewußt, wir würden ganz andere
Maasregeln ergriffen haben!

Blondh. Hätten sie sich nicht gekannt,
so hätten sie auch von ihren beiderseitigen
Liebeshändeln erfahren, und sich den Verdruß erspart, den ihnen unsre unvermuthete
Zusammenkunft iezo verursacht.

Julie. Wären sie darum minder straffällig — wir minder betrogen? — Nie werden sie ihr niederträchtiges Verfahren entschuldigen können.

Blondh. Sezen sie sich in meine Stelle;
denken sie sich ganz in meine Lage, so werden finden, daß ich nicht ganz Unrecht habe.
Ich bin von Stande. Ich besize Ehrgeiz —
aber

aber wenig Vermögen. Eine liebenswür=
dige Wittwe, die mich zärtlich liebt, reicht
mir die Hand, und bietet mir mit ihr ihr
ganzes Vermögen an. Soll ich den Roma=
nenhelden spielen, und diese Geschenke aus=
schlagen?

Wilhelm. Treuloser! Mußtest du dich,
wenn du so grosse Vortheile bei mir fandest,
in meine Nichte verlieben?

Blondh. Machen sie mir keine stärkere
Einwürfe, so werden sie bald widerlegt seyn.
— Ein Blick auf Julien wird ihnen das
ganze Geheimnis erklären, und ihre Frage
aufs gründlichste beantworten.

Heinr. (für sich) Gott Lob! Nun komm
ich wieder zu Athem. — Ich setze meinen
Kopf zum Pfande, er gewinnt den Prozeß!

Blondh. Ich finde ein Mädchen, das
die Grazien Schwester nennen würden —
wenn sie noch existirten. Ich bin ihr nicht
gleichgiltig. Was soll ich thun? — Ma=
dame! ich bitte, sehen sie Julien an, und
sagen sie mir, ob man so vielen Reizen
widerstehen kann?

Heinr. (für sich) Henken laß ich mich,
wenn er nicht Recht behält!

Wilhelm. Ha, Kokette! Diesen Streich
vergeb ich dir nicht!

Julie.

Julie. Was für einen Streich, liebe Tante!

Wilhelm. Deine verfluchte Koketterie hat Blondheim zum Verräther — zum Meineidigen gemacht. Ohne sie wäre Blondheim mir gewis noch treu.

Julie. Was sie doch gleich der Sache für eine Wendung zu geben wissen! Hat Blondheim nicht selbst gesagt, daß er sie nur des Gelds wegen genommen hätte? Ohne ihr Geld wär ich izt seine Gattin. — Wahrlich! daß sie mir meinen Liebhaber wegkaperten, vergeb ich ihnen ewig nicht!

Blondh. Streiten sie nicht länger. Das Loos mag entscheiden, welche von beiden die meinige seyn soll.

Wilhelm. (mit einem verächtlichen Blicke) Elender! Du kannst dir noch solche Gedanken machen? — Ein Mensch, der mir es ins Gesicht sagen konnte, daß er nicht mich, sondern mein Vermögen haben wollte, kann nie mein Gemahl werden.

Julie. Von mir verlangen sie doch keine Antwort, Herr von Blondheim?

Heinr. (für sich) Das Wetter! Die Sachen stehen kritisch.

Neun

Neunter Auftritt.

Frau von Falkenau. Die Vorigen.

Falken. (den bloßen Degen in der Hand) Ich kann Blondheim nicht finden.

Wilhelm. Hier ist er! — Vorhin wollten sie sich um ihn schlagen; jezt können sie ihn haben. Ich trete ihnen alle Ansprüche auf ihn ab.

Julie. Auch ich thue Verzicht auf ihn. Nehmen sie ihn hin — hurtig — damit er uns aus den Augen kommt! — Das ist ein gefährlicher Mensch — will zwei Weiber auf einmal nehmen!

Falken. Und ich wäre die dritte, wenn er gehalten hätte, was er mir seit einem Jahre alle Tage verspricht.

Wilhelm. Er wollte mich und meine Nichte zugleich heurathen. Mich wollt er ums Geld prellen, und meine Nichte wollt er entführen.

Falken. (rennt auf Blondheim los) Teufel! mich so zu hintergehen! — Schurke, zieh vom Leder!

Blondh. (weicht ihr aus) Mit einem Weibe schlag ich mich nicht.

Falken. Bist du Kavalier? (läuft ihm nach, und jagt ihn im ganzen Zimmer herum)

Shie,

Sieh, ich bin nur ein Weib, aber ich schämte mich, wenn ich eine solche feige Memme wäre, wie du bist. (wirft den Degen weg) Siehst du, dort liegt das Mordgewehr, das du so sehr fürchtest. Itzt sieh und antworte: Warum hast du mich hintergangen — warum mich schon so lange belogen?

Blondb. (der itzt mehr Muth zeigt, und stille stebt) Ich? gnädige Frau! Ich? — Ich habe sie nicht belogen.

Falken. (die ihm nun ganz nahe stebt) Hier, (giebt ihm eine Ohrfeige) Feige niederträchtige Seele! Sage nicht, daß du Kavalier bist — du bist ein Schurke. Wohl mir, daß ich dich noch bei Zeiten kennen lernte! Nun aber komme mir nicht wieder unter die Augen. (zu Wilhelminen) Madame! vergessen sie, wenn sie können, was vorhin zwischen uns vorgefallen ist, und vergeben sie mir. Der Bube (auf Blondhelm deutend) hat mich so gut betrogen, als sie. Wollen sie ihm verzeihen, und ihn heurathen, ich habe nichts darwider. (ab.)

Wilhelm. (der Falkenau nachruffend) Gott soll mich vor ihm bewahren!

Zehn=

Zehnter Auftritt.

Wilhelmine. Julie. Blondheim. Heinr.

Julie. Herr von Blondheim — oder Blumenfels! — Ich weis noch nicht einmal, wie sie heißen — —

Wilhelm. Betrüger ist sein wahrer Name.

Julie. Sie spielen hier eine unange- nehme Rolle. — Die Frau von Falkenau hat eine unsanfte Hand — nicht wahr? Es klatschte verteufelt, als sie auf ihren Backen fiel! — Aber vermessen war es bei alle dem von ihr. Wie konnte sie sich un- terfangen, ein Gesicht zu schlagen, das ihr ganzes Geschlecht verehrt — das sich nur zeigen darf, um tausend Eroberungen zu machen? — Ihre Kaltblütigkeit setzt mich in Erstaunen! — Nein! eine Ohr- feige könnt ich ohnmöglich so gelassen ein- stecken — —

Blondh. Ein Mann hätt es wagen sollen; (auf den Degen schlagend) Gott verdam- me mich, er hätte bluten müssen!

Eilfter Auftritt.

Die Vorigen. Bertrand.

Julie. (indem Bertrand hereintritt mit einem Schrei) Gott! mein Vater!

Koths Lustsp. II. Th.   J   Blondh.

Blondh. (erschrocken) Ihr Vater? —
Ja! Gott verdamme mich — er ist es!
Wo verberg ich; mich hurtig? (läuft im Zim-
mer ängstlich auf und ab.)

Bertrand. Verstecken sie sich nicht —
es ist überflüßig! (zu Wilhelminen) Das ist
der Mann, der meines Bruders. Stelle er=
setzen soll?

Wilhelm. Ja, das ist er! Ohne mich
aber wär er izt vielleicht schon ihr Schwie=
gersohn. Julie hat ihn nicht minder ge=
liebt.

Bertrand. Das wäre der Teufel!
(nähert sich Blondheim um einige Schritte, und
betrachtet ihn) Was sehe ich? Bei meiner
armen Seele, der Laffe wieder, den ich
vor kurzem bei meiner Tochter getroffen!

Blondh. Wir sind heut immer so glück=
lich, uns zu finden.

Bertrand. Will zwei Weiber auf ein=
mal nehmen — das nenn ich doch gut tür=
kisch denken! (mißt ihn vom Kopf bis zu den
Füssen mit den Augen) Der Pursch muß den
Teufel im Leibe haben — man sollt ihms
gar nicht zutrauen! Sieht selbst wie ein
Weib aus, und will zwei Weiber nehmen!
(mit ernstem Tone) Für die doppelte Ver=
wandschaft, unbärtiger Knabe, die du mir
zugedacht hattest, bin ich dir verbunden,

und

und bedaure nichts mehr, als daß ich diese Ehre ausschlagen muß. Ich —. —

Zwölfter Auftritt.

Die Vorigen. Baudius.

Baud. (zu Wilhelminen) Eben kommt einer ihrer Bedienten zu mir, und sagt mir, daß sie mich zu sprechen verlangten. Was befehlen sie?

Wilhelm. Sie kommen eben recht. Mein Bedienter muß einen prophetischen Geist besitzen, daß er meine Gedanken so gut zu errathen weis. Ich habe sie zwar nicht rufen lassen; es ist mir aber lieb, daß sie hier sind. — Hier ist meine Hand — morgen lassen wir uns trauen! Aber unter der Bedingung, daß ihr Sohn meine Nichte heurathet.

Baud. (küßt ihr die Hand) Madame! wie angenehm wissen sie zu überraschen! — Die Bedingung, unter welcher sie mich glücklich machen wollen, ist zu schön, als daß sie mein Sohn nicht mit Vergnügen erfüllen sollte — wenn Mamsell Julchen ihre Einwilligung giebt.

Bertrand. Dafür lassen sie mich sorgen! Ich hoffe nicht, daß Julie so frech seyn wird, sich dem Willen ihres Vaters länger zu widersetzen.

Julie.

Julie. Gewis nicht, mein Vater! — Ich unterwerfe mich gänzlich ihrem Willen.

Bertrand. Deiner wartete noch eine Züchtigung, weil du aber Gehorsam versprichst, so soll das Vergangene vergessen seyn.

Julie. (Küßt ihrem Vater die Hand) Welche Güte, mein Vater! sie zu verdienen soll von nun an mein größtes Bestreben seyn.

Heinr. (heimlich zu Blondheim) Gnädiger Herr! Bleiben wir hier? Ich dächte, wir giengen. An Aussöhnung ist nun eben so wenig mehr zu denken, als an Heurath. Wie sie sehen, sind beide schon verkuppelt.

Blondh. (leise) Das ist mein geringster Kummer — es giebt ja noch mehr weibliche Geschöpfe. Mich ärgert nichts, als daß ich die beiden Närrinnen nicht um die tausend Dukaten prellen konnte.

Bertrand. (auf Blondheim deutend) Der Laffe noch hier? — Ich hatt ihn ganz vergessen — Geh und mache, daß man dich vergißt — du gewinnst dabei! (Blondheim geht stolz nach der Thür) Warte, eine heilsame Lehr auf den Weg! Läßt du dich von mir noch einmal auf unrechten Wegen erwischen, so laß ich dich ohne Gnade und Barmherzigkeit kombabusiren.